목차

문호
스트레이독스

다자이, 추야 15세

아사기리 카프카 지음
하루카와 산고 일러스트
박수진 옮김

표지 · 본문 일러스트
하루카와 산고

Prologue

쨍하니 파란 하늘에 소형 경비행기가 날고 있었다.

승객은 단 한 명. 검은 옷에 선글라스를 쓴 남자다. 창백한 얼굴에 땀이 송골송골 맺혀 있다. 아무도 없는 기내를 불안한 듯이 두리번두리번 둘러보고 있다.

밤바람에 겁이 난 어린아이처럼 몸을 웅크리고, 두 손으로 권총을 부적처럼 꽉 쥐고 있었다.

남자는 마피아였다.

그는 어떤 강대한 조직에서 목숨만 간신히 건져 도망친 참이었다.

불현듯, 똑똑 하고 노크 소리가 들렸다.

남자는 벌떡 일어나 소리가 난 쪽을 보았다. 창문 밖을.

창문 밖에는—— 소년이 있었다.

나이는 열네다섯 살 정도. 창문 밖에서 기내로 미소를 보내고 있다.

불가능한 광경이다. 이곳은 상공 500미터, 비행 중인 여객기 안이니까.

〈여어. 방해 좀 하겠다.〉

창문 밖의 소년이 입술만 움직여 그렇게 말했다.

"야……《양(羊)의 왕》!"

마피아 남자가 비명 섞인 소리를 질렀다.

마피아가 뛰어 물러나는 것과 거의 동시에 소년이 창문을 차서 부쉈다.

기내에 폭풍이 휘몰아쳤다.

기압 차이로 기내의 공기가 빨려나가고 기체가 격하게 진동했다. 그러나 마피아 남자는 폭풍도 진동도 개의치 않았다. 어떻게든 소년에게서 떨어지려고 바닥을 기며 버르적거렸다.

그 등을 소년의 발이 짓밟았다.

"포트 마피아의 총기 운반책이 이 정도로 쫄면 안 되지."

즐거운 듯한 목소리로 소년이 말했다. 짙은 암녹색 라이더 슈트에, 사자 같은 황갈색 머리카락의 소년이다.

소년은 가까이 있는 의자를 맨손으로 낚아챘다. 그리고 의자를 내던졌다. 의자가 깨진 창에 달라붙어 뚜껑처럼 바람을 막았다. 그것으로 실내의 폭풍이 조금 잦아들었다.

"요…… 용서해 줘!"

마피아 남자는 소년의 발밑에서 발버둥 쳤다.

"너희……《양》의 구역을 어지럽힌 건 사과하겠어! 어쩔 수가 없었다고!"

"그래, 어쩔 수 없었겠지. 우리《양》을 공격한 놈은 반드시 백배로 보복당한다는 것쯤, 포트 마피아에 소속된 개자식쯤 되는 놈이 몰랐을 리가 없으니 말이야. ……걱정 마라, 네놈 이외의 습격범들은 전원 쳐 죽였으니까. 안심하고 동료들 곁으로 가라."

마피아 남자는 바닥으로 굴러간 총에 손을 뻗으려고 했다. 그러나 할 수 없었다. 손가락 하나를 바닥에서 아주 조금 들어 올릴 수조차 없었다. 그뿐 아니라 얼굴이 일그러지고 뼈가 삐걱거릴 정도로 바닥에 짓눌려 신음할 수밖에 없었다. 소년은 가볍게 발을 올리고 있을 뿐인데도.

중력이다. 자신의 몸에 걸린 중력이 수십 배나 늘어난 것이다.

"멋지군. 과연 포트 마피아야."

소년은 유쾌한 듯이 말했다.

"내 중력을 받은 상태로 반격할 생각을 하다니 말이야. ……좋겠지, 해 봐. 하지만 그 전에 하나 대답해라. 왜 우리 구역을 습격했지?"

"습격하고, 싶어서, 한 게…… 아냐!"

마피아는 짓눌려 변형된 폐의 공기를 쥐어짜듯이 말했다.

"어쩔 수 없었어……. 내가 담당한 무기 보관고가 파괴당해서…… 그 역신에게. 지옥에서 되살아난…… 검은 불꽃의《아라하바키(荒覇吐)》에게……!"

"《아라하바키》라고?"

소년의 얼굴에서 웃음이 사라졌다.

중력이 한순간 약해졌다.

그 틈에 마피아는 몸을 굴려 소년에게서 빠져나와, 바닥에 떨어져 있던 총을 붙잡고 소년에게 겨누었다. 총을 익숙하게 다루는 자만이 할 수 있는 물 흐르는 듯한 동작이었다.

소년은 아무 말도 하지 않고 주머니에 손을 찔러 넣은 채 냉랭하게 마피아를 내려다보았다.

"좋아, 쏴라. 어떻게 될지 시험해 봐."

"죽어라…… 《양의 왕》, 나카하라 추야!"

마피아가 방아쇠를 당겼다.

소년은 무표정으로 주머니에 손을 넣은 채 반회전하여 총알을 걷어찼다.

아음속의 총알이 발끝과 충돌.

똑같은 속도로 역방향으로 튕겨낸 총알이 마피아 남자의 목구멍에 박혔다. 남자는 성대하게 피를 뿜으며 위를 보고 쓰러졌다.

소년은 사뿐하게 반회전해서 원래 자리에 착지했다. 그리고 말했다.

"포트 마피아는 내가 전부 죽여 버리겠어."

Phase.01

남자는 난처했다.

몹시도 난처했다.

서류와 눈씨름을 하고, 담배를 빨고, 의자에서 일어나 기지개를 켜고, 벽에 붙은 숫자 뭉치를 쳐다보고, 미간을 손가락으로 문지르고, 다시 앉아 죽어가는 소처럼 우움 하고 신음하고, 다시 서류를 노려보았다.

그의 눈앞에 무의미한 기하학적인 도형이 떠올랐다가 사라졌다.

"이건…… 어떻게 할 수가 없겠군……."

뒤로 대충 넘긴 검은 머리. 오래 입어 낡은 백의. 끝이 찢어진 샌들. 목에는 청진기. 눈 밑에는 푸르스름한 다크 서클.

그 남자는 아무리 보아도 의사였다.

덧붙이자면 그곳은 어수선한 변두리의 진료소였다. 청진기, 의료 차트, 책장에는 전문서적. 책상 앞 벽에는 엑스레이 필름을 걸어서 관찰하는 데 쓰는 발광 필름 관찰기가 설치되어 있다.

너무나도 의사다운 방에 서 있는, 너무나도 의사다운 남자.

그러나 그는 의사가 아니었고, 거기는 병원이 아니었다.

세계에서 가장 병원과 동떨어진 장소였다.

"밀수 총기를 납입하기로 한 날짜로부터 2주가 지났어. 이래서는 곧 부하들이 전부 부엌칼로 적과 싸우는 꼴이 될 거야. 그뿐이 아니지. 시 경찰이 출동한 폭력사건이 이번 달에만 벌써 세 건 발생했네. 말단 조직원을 완벽하게 제어할 수 없게 되었군."

남자는 서류 다발을 보면서 말했다.

남자의 이름은 모리 오가이.

강대한 비합법 조직 포트 마피아를 통솔하는 보스이며——그리고, 불과 1년 전에 보스의 지위에 오른 신임 지도자였다.

"보호 비즈니스의 계약 해제. 타 조직과의 항쟁 격화. 구역 축소. 곤란하군······. 보스가 된 지 1년, 문제가 산더미야. 조직의 정점에 서는 것이 이렇게 힘들 줄이야······ 혹시 적성에 안 맞는 걸까? 어떻게 생각하지, 다자이 군? 내 이야기 듣고 있나?"

"으으응."

"어느 쪽?"

모리 오가이의 물음에 대답한 것은 옆의 의료용 스툴에 앉아 있는 소년이었다.

머리에는 검고 덥수룩한 머리카락, 이마에는 흰 붕대. 헐렁한 검은 정장을 걸친 마르고 왜소한 소년.

다자이 오사무—— 그 나이, 15세.

"하지만 모리 씨의 이야기는 늘 지루한걸!" 다자이는 의료용 약품 병을 가지고 놀면서 말했다.

"요즘 허구한 날 염불을 외잖아. 돈이 없어, 정보가 없어, 부하가 신뢰를 안 해. 그런 건 처음부터 알고 있었으면서."

"그거야 그렇지만……." 곤란한 듯이 머리를 긁고 나서 모리는 불쑥 말했다.

"그런데 다자이 군. 왜 자네는 약품창고에 있어야 할 고혈압약과 저혈압약을 섞고 있는 겐가?"

"응? 합쳐서 먹으면 뭔가 엄청난 일이 일어나서 편하게 죽을 수 있을까 싶어서."

"못 죽어!" 모리는 약품 병을 낚아챘다.

"이거야 원, 어떻게 약품창고 열쇠를 열었지?"

"싫어 싫어, 죽고 싶어!" 다자이는 양손을 버둥거렸다.

"따분해서 죽고 싶어! 최대한 편하고 쉽게 죽고 싶어! 모리 씨, 어떻게 좀 해 줘!"

"얌전히 착하게 있으면 조만간 약품 조합법을 가르쳐 주마."

"거짓말! 그렇게 말하면서 나를 부려먹고, 1년 전에 그렇게 고생하게 했으면서 결국 안 가르쳐 줬잖아! 이렇게 되면 배신해서 적 조직에 붙어 주겠어!"

"아무렇게나 떠들어대는 건 그만두렴, 착하지. 배신 같은 걸 하면 편하게 못 죽어."

모리는 쓴웃음을 지을 수밖에 없었다.

"아아…… 지루해. 이 세계는 어쩌면 이렇게 따분할까."

스툴에서 가는 다리를 뻗어 흔드는 다자이.

다자이는 모리의 부하가 아니다. 마피아조차도 아니다. 물론 숨겨 놓은 자식도, 주워 온 고아도, 진료소의 조수도 아니다. 다자이와 모리의 관계를 정확하게 표현할 수 있는 단어는 존재하지 않는다.

굳이 현실에 가까운 단어를 가지고 온다면── 운명 공동체다.

"애초에 말이다, 다자이 군." 모리는 한숨을 쉬고 말했다. "자네는 내가 선대 보스에게서 그 자리를 계승할 때 그 자리에 있었던 유일한 사람. 즉 유언의 증언자다. 그리 쉽게 죽으면 곤란해."

두 사람이 운명 공동체가 된 것은 1년 전의 일. 보스 전속 주치의였던 모리와, 자살미수로 실려 온 환자에 지나지 않았던 다자이가 결탁해 어떤 비밀작전을 실행했다.

포트 마피아 선대 보스의 암살.

그리고 유언 날조였다.

"기대가 빗나갔네."

다자이가 묘하게 맑은 목소리로 말했다.

"무슨 말이지?"

"자살미수 환자를 공범자로 고른 건 아주 좋은 인선이었는데. 1년이 지났는데도 나는 이렇게 살아 있어. 덕분에 불안의 씨앗은 사라지지 않았지."

한순간 모리는 자신의 내장에 차가운 얼음을 밀어 넣은 듯한 기분이 들었다.

"……무슨 이야기를 하는 걸까?"

"알면서. 선대 보스 암살이 외부에 새나가지 않을까 하는 불안. 그게 불안의 씨앗이라는 거야."

다자이의 표정에서는 여전히 속을 읽을 수 없었다. 기온이 영하로 떨어진 호수의 수면처럼 고요하다.

"기대가 빗나갔다는 건, 무슨 뜻일까." 모리는 나무라듯이 미간을 좁혔다.

"기대는 빗나가지 않았어. 자네와 내가 멋지게 작전을 수행해 냈지 않았나. 1년 전에. 힘들었으니 이제 다시는 하고 싶지 않지만 말이야."

"작전은 완료되지 않았어." 다자이는 차가운 눈으로 말했다.

"작전이라는 건 암살과 유언 날조에 관련된 인간의 입을 막아야 비로소 완료되었다고 하는 거야. 안 그래?"

모리의 내부에서 감정이 격하게 파도쳤다.

"……자네는……."

소년의 시선이 조용히 모리를 꿰뚫는다. 마치 인체 속을 투시하는 의료기기처럼.

"그런 점에서 나는 공범자로서는 적임이었어. 그야, 아무도 의심하지 않을 테니까. 내 증언으로 당신이 다음 보스가 된 후—— 내가 동기를 알 수 없는 자살을 했다고 해도."

의사와 소년은 잠시 동안 시선을 나누었다. 사신과 악귀가 서로 노려보고 있는 듯한 독기가 방에 가득 찼다.

모리의 머릿속에서 몇 번째인지 모를 단어가 경보처럼 메아리쳤다.

계산 실수.

너는 계산 실수를 했다.

최적해(最適解)를 읽어내지 못한 거다.

이 아이를 공범자로 골라서는 안 됐던 거다.

다자이는 속을 알 수 없다. 그가 때때로 보이는 악몽같이 날카로운 사고력. 관찰안. 마피아라는 괴물의 소굴 안에서도 유례없는, 얼어붙을 듯한 예리함.

"……농담이야. 아무렇게나 떠들어서 높으신 분을 곤란하게 하는 건 재미있어. 최근 즐기는 오락이거든." 다자이는 갑자기 멍한 얼굴로 돌아가 말했다.

모리는 그런 다자이를 말없이 관찰했다.

날카로운가 싶으면 곧바로 그 예리함을 지워 버린다. 뭐든지 꿰뚫어보고 있는 것처럼 보인 직후에는 의미를 알 수 없고 이해할 수 없는 자살 타령으로 주위를 어리둥절하게 만든다.

보스가 될 때까지는 상상조차 못 했던 일이지만, 그의 언동은 어떤 인물을 상기시켰다.

"자네와 닮은 사람을 알아." 모리는 무심결에 말했다.

"누구?"

고개를 갸웃하는 다자이의 질문에 대답하지 않고, 모리는 작게 미소 지었다.

"아무튼, 어른을 놀리는 건 그만두렴. 내가 자네를 입막음한다고? 그럴 리가 없지 않으냐. 무엇보다 내가 그럴 작정이라면 이미 했을 거다. 숨 쉬는 것보다 쉽게 말이지. 내가 올해 들어 몇 번이나 자네의 자살을 저지했다고 생각하지? 그거, 제법 힘들단다. 한 번은 의자 밑의 폭탄을 해체하기 위해서 영화 주인공 같은 일까지 했는데?"

다자이를 죽게 할 수는 없다.

왜냐하면── 만약 그렇게 되면 조직 내부에 아직 끈질기게 남아있는 선대파가 '역시 두목 교체는 음모였다'고 떠들어댈 것이 뻔하기 때문이다.

모리는 이미 올해 들어 두 건이나 '선대파'라 불리는 조직원의, 자신을 향한 암살 계획을 저지했다. 물론 배신자는 처형했지만 물밑에서 모리를 인정하지 않는 '선대파'가 얼마나 있을지 상상도 가지 않는다.

그래서 다자이를 죽게 둘 수는 없다.

그리고—— 요 1년간 다자이를 주위에 두면서, 그를 죽게 할 수 없는 이유가 하나 더 생겼다.

"다자이 군. 자네가 그렇게 원한다면 편해질 수 있는 약품을 구해 줄 수도 있어."

모리는 그렇게 말하면서 책상 서랍에서 종이를 꺼냈다. 그리고 거기에 깃펜으로 사락사락 글자를 썼다.

"진짜?"

"그 대신, 간단한 조사를 부탁하고 싶다." 모리는 글자를 쓰면서 말했다.

"뭐, 대단한 일은 아니야. 위험하지도 않지. 하지만 자네에게밖에 부탁할 수 없어."

"짜증 나." 다자이가 가자미눈을 뜨고 모리를 보았다.

"요코하마 조계지 근처에 있는 스리바치 가(街)는 알고 있겠지?" 모리는 다자이의 말을 무시하고 말했다.

"그 부근에서 최근에 어떤 인물이 나타났다는 소문이 나돌고 있어. 그 소문의 진상을 조사해 오길 바라네. ——이것은 '은색 탁선'이라 부르는 권한 위임장이다. 이걸 보여 주면 마피아 조직원은 무슨 말이든 따르지. 좋을 대로 사용하게나."

다자이는 내민 종이와 모리의 얼굴을 차례로 보았다. 그리고 말했다.

"어떤 인물이라니?"

"맞혀 보렴."

다자이는 한숨을 쉬었다. "생각하기 싫어."

"그러지 말고."

다자이는 잠시 동안 어두운 눈으로 모리를 쳐다본 후, 무거운 입을 열었다.

"……장난으로라도 마피아의 최고 권력자가 거리의 소문 따위를 걱정할 리가 없어. 그만큼 중요하고, 내버려둘 수 없는 소문이라는 뜻이지. 게다가 '은색 탁선'을 쓸 정도의 소문이라면 아마도 중요한 건 그 인물이 아니라 소문 그 차체야. 진상을 확인하고 발생원을 없애야만 하는 소문. 유포하기만 해도 해를 끼치는 소문. 덤으로 전문가나 우수한 부하들이 아니라 나를 쓰는 이유를 생각하면 그 인물은 한 명밖에 없어. 나타난 것은── 선대 보스로군?"

"그 말대로다." 모리는 무겁게 고개를 끄덕였다.

"세상엔 무덤에서 일어나서는 안 되는 인간이 존재한다. 그분의 죽음은 내가 이 손으로 확인했고 성대하게 장례도 지냈으니 말이야."

모리는 자신의 손끝을 매만졌다.

손끝에 그 순간의 감촉이 아직 남아 있다.

거대한 나무를 절단한 것 같은 감촉이 느껴졌다. 지금까지

직업 때문에 몇 사람이나 갈라 왔지만, 과거의 어떤 수술에서도 그 정도로 무거운 감촉은 느끼지 못했다.

메스로 선대 보스의 목을 절단해 암살했다. 그리고 위장했다. 합병증으로 경련을 일으켜 기도 확보를 할 필요가 생겨서 목의 기도를 절개했다는 식으로.

14세의 소년―― 다자이가 보고 있는 바로 앞에서.

"무덤에서 일어나서는 안 되는 인간, 말이지……."

다자이는 그렇게 말했다. 그리고 한동안 침묵한 후, 어쩔 수 없다는 듯 한숨을 쉬고 일어섰다.

"확실히 나 말고는 부탁할 수 없겠네." 그렇게 말하고 다자이는 내밀고 있던 종이를 낚아챘다.

"약품을 준다는 약속, 반드시 지키는 거다?"

모리는 미소 지으며 말했다. "이것이 자네의 첫 일이다. 마피아에 온 걸 환영한다."

다자이는 성큼성큼 출구를 향해 걸어가다가―― 문득 멈춰 섰다.

"그런데, 아까 말했던…… 나를 닮은 사람을 안다는 건, 누구 얘기야?"

모리는 아주 조금 웃었다. 그리고 애매한 슬픔의 표정을 내비치며 말했다.

"나다."

모리는 생각했다.

모리에게 필요한 것은 조수다. 비서이자, 심복이자, 우수한 오른팔이다.

그리고 무엇보다 의사이면서 배신자, 권력의 찬탈자인 자신에게는 신뢰할 수 있는 부하가 필요하다. 비밀이 필요 없는 부하. 빙산 꼭대기에서 홀로 깃발을 흔드는 자신을 이해해 주는 부하.

모리가 초래한 다자이라는 오류. 그러나 오류가 항상 나쁜 것이라고 단정할 수는 없다. 쓰고 버릴 말이라 생각해 주운 그것은 특대 다이아몬드의 원석이었다.

피에 물든 자신의 처지에서는 지나친 바람일지도 모른다. 그러나 다자이라면, 어쩌면——.

"다자이 군." 무의식중에 그 질문이 입에서 튀어나왔다.

"내가 이해할 수 있을지는 모르겠지만, 말해 다오. ——자네는 왜 죽고 싶지?"

다자이는 어리둥절한 얼굴로 모리를 돌아보았다.

상대가 무엇을 묻고 있는지 진심으로 모르겠다는 눈이었다.

그리고 말했다. 천진한 소년의 눈으로.

"나야말로 묻고 싶은데. 산다는 행위에 뭔가 가치가 있다고, 진심으로 생각해?"

스리바치 가는 말 그대로 막사발 형태로 움푹 팬 지형으로 된 거리다.

과거에 이곳에 거대한 폭발 사고가 있었다.

직경 2킬로미터의 거대한 폭발은 전에 살던 주민도, 토지 권리 관계도 한꺼번에 날려 버렸다. 뒤에는 막사발 형태의 황야만이 남았다.

그 황야에 언제부터인가 사람들이 모여들어 멋대로 거리를 만들기 시작했다. 주류 사회에서 튕겨 나온, 혹은 처음부터 존재가 지워진 음지의 주민들이다. 법적인 긴장 지대인 조계지에 접해 있다는 점, 불법이라도 일단 살면 거주권이 발생한다는 점. 그 두 가지를 배경으로 그들은 멋대로 오두막을 짓고, 계단을 만들고, 전선을 깔았다. 이윽고 폭심지는 영광과 화려함에 배신당한 사람들이 사는 거리가 되었다. 잿빛 사람들이 사는 잿빛 거리.

물론 정부 기관의 눈이 닿지 않는 땅. 마피아 같은 비합법 조직과도 여러모로 인연이 있는 땅이다.

그 스리바치 가의 내리막길을 다자이가 걷고 있었다.

"흐음, 도장용 도금액을 마시고 자살하는 게 외국에서는 엄청나게 인기라고…… 과연."

다자이는 걸으면서 책을 읽고 있었다.

진지한 얼굴이다. 다자이가 사람을 이런 눈빛으로 바라본 일은 현재에도 과거에도 존재하지 않는다.

"어라라? 단, 인기 있는 이유는 단순히 공업도장 업자가 입수하기 쉬운 약품이기 때문이고, 결코 안락한 자살법이 아니다. 마신 자는 산 채로 내장이 녹는 격통에 몇 시간이나 몸부림치면서 죽을 것이다…… 으엑, 시험해 보지 않아서 다행이다!"

다자이는 얼굴을 들고 뒤에서 걷고 있는 호위 마피아에게 말을 걸었다.

"있잖아, 지금 이야기 알고 있었어? 자살할 때는 조심해! 어어……."

"히로쓰입니다." 호위 마피아가 난처해하는 소형견 같은 얼굴을 하고 대답했다.

"저…… 참고하도록 하겠습니다."

신사 같은 외모의 장년 남성이다. 머리는 검은색과 흰색이 섞여 있다. 이 주변 땅을 잘 알고 있다는 이유로 다자이에게 지명을 받고, 아직 완전히 납득하지 못한 채 길안내 겸 호위 역할을 맡은 마피아 조직원이었다.

다자이는 15세의 어린아이이고, 마피아 외부의 인간이다. 그러나 그는 '은색 탁선'을 가지고 있다. 고참 마피아라 해도 조심해야 하는 상대다. 심지어 다자이는 모리와 함께 선대 보스의 임종을 지켜본 유일한 인물. 그런 자에게 모리는 비밀 조사를 명했다── 뭔가 있음이 틀림없었다.

다자이를 건성으로 다뤄서는 안 된다. 히로쓰의 감이 그렇게 고하고 있었다. 오랫동안 조직 안에서 살아남은 자만이 지니는 감이다.

다자이와 히로쓰는 이날 아침부터 동행하여 탐문을 하고 있었다.

선대 보스가 목격됐다는 정보를 쫓아 빈민가에서 관광지까지. 소문의 주인을 쫓아 이 사람 저 사람에게 질문하며 돌아다닌다. 아이와 장년 2인조라는 기묘한 조사 멤버였지만, 다자이의 기묘할 정도로 상대의 사고를 조종하는 화술에 대부분의 사람들은 목격담을 이야기하고 있다는 자각조차 없이 목격 정보를 제공했다. 몹시 완고한 사람도 모리에게 조사 경비로 받은 지폐 다발을 슬쩍 보여 주면 곧바로 태도를 바꾸었다.

그리고 다자이와 히로쓰는 마지막 탐문을 마치고 마피아 본부로 돌아가는 도중이었다.

"저어…… 다자이 씨. 너무 앞으로 가지 마시도록. 제가 호위하고 있다고는 하나 이 주변은 항쟁 지역. 무슨 일이 일어날지 알 수 없습니다."

"항쟁?"

히로쓰는 고개를 끄덕이고 말했다.

"현재 마피아와 적대 중인 조직은 세 개입니다.《타카세회》,《게르하르트 시큐리티 서비스》그리고 세 번째 조직이 현재도 이 부근에서 항쟁을 계속하고 있습니다. 몹시도 특

이한, 일찍이 없었던 타입의 적으로…… 정식 조직명은 없고, 《양》이라는 소박한 통칭만이 있을 뿐입니다. 이번 주에만 마피아의 두 개 조가 당했습니다. 특히 리더 격인 남자가 몹시 성가셔서, 소문에는 총알이 통하지 않는다던가."

"흐음…… 그래서 아까부터 저쪽에서 폭발이나 총격전 소리가 화려한 거군. 뭐, 아무래도 좋지만……." 다자이는 재미없다는 듯이 말했다.

마침 그때 다자이의 품속에서 전자음이 울렸다. 휴대전화다.

"모리 씨다." 다자이가 휴대전화를 귀에 댔다.

"여보세요? 응, 탐문은 완료. 여러 가지를 알았어. 응? 어떻게라니…… 그 정도야 할 수 있어. 그래, 결론부터 말하면." 다자이는 아무래도 좋다는 듯이 말했다.

"선대 보스는 있었어. 되살아난 거야. 지옥 밑바닥에서── 검은 불꽃에 휩싸여서."

전화 수화구에서 "뭐라고?"라는 날카로워진 목소리가 들렸다.

"목격자가 몇 명이나 있었어. 이승에 꽤나 미련이라도 있었던 걸까?" 그렇게 말하고 다자이는 냉혹한 웃음을 지었다.

"아무튼, 돌아가서 자세한 보고를──."

다음 순간.

아무런 전조도 없이, 무언가가 다자이의 몸통에 직격했다.

다자이가 수평으로 날아갔다.

돌풍에 펄럭이는 꽃잎처럼 다자이의 몸이 날아간다. 함석 지붕을 꿰뚫고 나무 오두막이 부러진다. 우물 울타리를 부수면서 다자이가 스리바치의 밑바닥으로 굴러떨어진다.

"《양》이다!" 히로쓰의 외침이 삽시간에 멀어진다.

"다자이 씨!"

언덕길을 튕기듯이 굴러가 헛간을 무너뜨리고, 흙먼지와 건물의 파편을 뒤집어쓰고—— 마침내 정지했다. 회반죽으로 된 간소한 건물 옥상이다.

다자이 위에 무언가가 올라타고 있었다.

조금 전 다자이를 직격해 날려 버린 무언가—— 검은 인영 (人影)이다.

"하하하! 이거 멋진데!" 그자는 웃었다.

"꼬마일 줄이야! 눈물 나게 사람 손이 딸리는 거 아냐, 포트 마피아!"

그 그림자는 말했다.

왜소한 그림자였다. 어둠 속의 까마귀 같은, 암녹색 라이더 슈트를 입은 소년이다. 나이는 다자이와 거의 비슷하다.

"아프잖아." 다자이는 위를 보고 넘어진 채 아무래도 좋다는 듯이 대답했다.

"난 아픈 거 싫은데."

"너에게 선택지를 주지, 꼬맹아." 라이더 슈트의 소년은 주머니에 손을 찔러 넣은 채 말했다.

"지금 죽을지, 정보를 토해내고 나서 죽을지. 마음에 드는 쪽을 골라라."

"그 두 선택지, 좋은데. 마음이 동하는군." 몸통에 적의 공격을 받고 땅과 건물에 몸이 부딪쳤음에도 불구하고 다자이의 목소리는 담담했다.

"그럼 지금 죽여."

그림자는 일순 침묵했다.

그리고, 그제야 그곳에 인격을 가진 인간이 있다는 것을 깨달은 듯이 다자이를 보았다.

"흥, 울면서 도망칠 줄 알았더니 의외로 근성이 있는 꼬맹이로군."

"너도 꼬맹이잖나."

"확실히 나와 싸우는 놈들은 다들 처음에 그렇게 말하지. 하지만 금세 착각했다는 걸 깨닫지. 단순한 꼬맹이가 아니라고. 너와는 다르게 말이야."

라이더 슈트의 소년은 꽉 쥔 주먹에 힘을 넣었다. "자, 말해 보실까. 네가 조사하고 있는 《아라하바키》에 대해서. 알고 있는 것 전부."

소년이 다자이의 상처투성이 손을 짓밟았다. 신발 밑에서 손뼈가 삐걱댄다.

"……아아. 《아라하바키》인가. 과연…… 《아라하바키》구나."

다자이는 밟힌 손을 타인의 것인 양 쳐다보면서 말했다.

"알고 있군?"

"아니, 처음 듣는데."

다자이는 태연하게 말했다.

소년은 씨익 웃고 나서 다자이의 몸을 날쌔게 걷어찼다. 발끝이 뼈를 쳐서 삐그덕 울렸다.

다자이가 아픔에 신음했다.

"좋아. 기록에 도전해 보겠냐? 최장은 9번이야. 그 이상 차이고도 가만히 있을 수 있었던 놈은 지금까지는 없었다."

다자이는 뼈의 아픔에 얼굴을 찡그리며 말했다.

"정보를 말하면…… 놓아줄 건가?"

"그래. 나는 약한 놈한테는 친절하거든."

다자이는 잠시 생각하는 것처럼 침묵했다. 그러고 나서 소년을 빤히 보고 진지한 얼굴로 말했다.

"알았다…… 이야기하지." 다자이는 무겁고 긴장감을 품은 목소리로 말했다.

"자네는 좀 더 우유를 마시는 편이 좋겠어. 키가 너무 작아."

소년의 발차기가 다자이의 몸에 꽂혔다.

다자이는 옥상에서 떨어져 굴러가 건물 지붕에 격돌했다.

"쓸데없는 참견이다, 이 개자식아!" 소년이 소리쳤다.

"난 15살이니, 이제부터 클 거라고!"

"후후…… 그럼 저주를 걸어 주지. 나는 똑같이 15살이고 이제부터 클 거지만, 자네는 별로 안 클 거야."

"열 받는 저주 걸지 마라!"

다가온 소년의 발끝이 다자이의 얼굴을 걷어찼다. 목뼈가 날카롭게 삐걱거렸다.

"아프……잖아." 다자이가 희미하게 웃으며 말했다. 입속이 찢어졌는지 입술 끝에서 피가 한 줄기 흘러내렸다.

"하지만 덕분에 생각이 났어. 《양》…… 이 요코하마에서 일대 세력을 구축한, 미성년자로만 구성된 상조 집단이다. 약탈이나 항쟁, 인신매매 습격에 저항하기 위해 소년 소녀들이 모여서 자위 조직을 만든 것이 발단이라고 들었어. 그 조직 전략은 철저한 전수방위. 하지만 《양》에 거스르는 인간은 지금은 거의 없어. 이유는 간단해. 《양》의 영토를 침범한 자는 누구든 나중에 반드시 무시무시한 반격을 받으니까. 《양》의 리더인 단 한 명의 소년에게 말이야. ──그렇군. 자네가 그 중력사, 《양의 왕》, 나카하라 추야인가."

"나는 왕이 아니야." 나카하라 추야라 불린 소년은 딱딱한 목소리로 말했다.

"그저 패를 가지고 있을 뿐이다. '강함'이라는 패를 말이지. 그 책임을 다하고 있을 뿐이다."

그렇게 말하고 한 번 말을 끊더니, 추야는 다자이를 내려다보면서 말했다.

"너, 꽤나 《양》의 내부 사정에 밝군."

"옛날에 《양》에 들어오지 않겠냐고 권유를 받았거든. 물론 거절했지만."

"그거 좋은 판단이군. 나와 같은 조직에 네놈이 있었다면 5분 만에 차 죽였을 거다."

"그 전에 내가 자네를 암살했을걸."

추야가 다자이를 노려보고, 다자이가 추야를 맞서 쳐다보았다.

이윽고 추야가 다자이에게서 떨어져 몇 걸음 뒤로 물러났다.

"뭐 좋아. 5분 만에 차여 죽을 운명은 변하지 않는다. 어차피 꼬마에게서 끌어낼 수 있는 정보 따윈 뻔하고 말이지. 빌어먹을 마피아 놈들의 사무소에 네놈의 머리를 보내서 선전포고의 신호로 삼아 주마."

"자네는 나를 죽일 수 없어." 다자이는 꼼짝도 않고 그저 조용히 추야를 마주 보았다.

"저 발소리가 들리지 않나?"

"발소리라고?"

그때 노성이 모든 방향에서 쏟아졌다.

"움직이지 마라!"

총구가 추야를 겨누고 있었다. 소총, 권총, 기관단총. 기관

권총에 산탄총. 무수한 마피아와 무수한 총기.

"하하." 추야는 주위를 보고 말했다.

"재미있군. 네놈, 생각보다 인기인이잖아. 아무도 구하러 안 올 줄 알았더니."

"투항해라, 애송이." 마피아의 포위 안쪽에서 조용한 목소리의 히로쓰가 나타났다.

"그 젊은 나이에 자기 내장 색깔을 알고 싶지는 않겠지."

"아무리 위협해도 안 무서워, 할배. 나한테 총은 안 통하거든. 전원 죽여 버리고 돌아갈 뿐이다."

히로쓰는 그렇게 말한 추야를 잔잔한 표정으로 내려다보았다.

"그립군……. 내게도 그런 때가 있었지. 천방지축에다 힘을 맹신하고, 자신의 힘만으로 세계를 꺾어 버릴 수 있다고 믿었던 때가." 그렇게 말하고 작게 웃었다.

"총이 안 통한다고? 그 정도의 이능력자는 그리 드물지도 않아. 자아…… 경고의 시간은 끝이다. 다음은 후회의 시간이다. 자신의 얕은 생각과 무지를, 피 웅덩이 속에서 후회하도록 해라."

히로쓰가 발소리를 크게 울리며 한 걸음 내디뎠다.

사신의 눈구멍보다 더욱 차가운 그 눈.

"당신도 이능력자인가." 추야의 눈이 날카로워졌다.

"좋은데, 그 눈. 지금까지의 놈들과는 씹는 맛이 다를 것 같

아. ……와라."

추야가 주머니에 손을 찔러 넣은 채 전투태세를 취했다.

"히로쓰 씨…… 그만두는 게 좋아." 다자이가 아픔에 얼굴을 찡그리면서 말했다.

"이 녀석은 닿은 대상의 중력을 조종해……. 당신의 이능력과는 상성이 나빠."

"흠. 중력인가."

히로쓰는 오른손의 흰 장갑을 벗으며 말했다. 그 동작은 귀족 같은 우아함마저 갖추고 있었다.

"그렇다면 《양》의 애송이. 공평을 기하기 위해 나의 이능력도 가르쳐 주마. 나의 능력은 손바닥에 닿은 물체에 강한 척력을 발생시킨다."

"하하. 자기 이능력을 가르쳐 주다니, 페어플레이 정신이 넘치는 마피아군." 추야가 웃었다.

"하지만 이쪽에 경로정신을 기대하지는 마라."

"필요 없다."

히로쓰가 흰 장갑을 아무렇게나 내던졌다.

추야가 그 장갑을 쉽게 쳐냈을 때, 이미 히로쓰는 품에 파고들고 있었다.

왼손으로 추야의 목덜미를 붙잡아 끌어당긴다. 추야는 힘에 거스르지 않고 땅을 차고 몸을 반회전시켜 이어지는 히로쓰의 오른손을 피했다. 추야가 공중에서 몸을 젖혀 옆차기를 날린다. 돌아온 히로쓰의 오른손이 받아쳐 추야의 신발과 격돌했다.

중력과 척력이 충돌해 섬광을 발했다.

추야는 충격에 거스르지 않고 뒤쪽으로 뛰어 깃털처럼 가볍게 착지했다.

"과연 마피아……라고 말하고 싶지만, 아무래도 안 내키는데. 확실히 나의 이능력과 상성이 너무 나빠, 할배."

추야의 이능력은 닿은 대상의 중력을 조종한다. 중력은 보통 지구의 어디에 있어도 아래쪽으로 1G의 세기다. 그러나 추야는 몸의 어딘가에 접촉한 대상이라면 중력의 방향과 크기를 자유자재로 바꿀 수 있었다.

반면 히로쓰는 오른손 손바닥에 닿은 대상에게 접촉면과 반대 방향의 힘을 가하는 것밖에 못한다. 추야의 이능력은 히로쓰의 완전한 상위 호환 관계에 있는 것이다.

하지만 그럼에도 히로쓰의 표정에는 티끌만큼의 변화도 없었다.

"걱정은 필요 없다, 젊은이. 이능력의 강함이 승부를 결정한다—— 젊은 시절에는 나도 그렇게 믿었지. 목숨이라는 수업료를 치르지 않고 틀렸다는 것을 깨달은 건 단지 행운이었다. 그런 의미에서 자네를 딱하게 생각하네."

추야는 씨익 웃었다. "재미있군."

이번에는 추야 쪽에서 돌진했다.

주머니에 손을 넣은 채, 추야가 비스듬한 궤도로 발을 올려 찼다. 히로쓰의 오른손이 받아낸다── 직전, 발끝이 궤도를 바꾼다. 목덜미를 노리고 차 내리며 히로쓰를 덮친다.

히로쓰는 왼손으로 권총을 뽑아 발차기를 막았다. 중력으로 무거워진 발차기에 총신이 삐걱거린다.

발차기의 충격으로 한순간 멈춘 추야의 어깨를 히로쓰의 오른손이 붙잡는다.

"잡았다."

"그게 어쨌다고? 당신의 이능력은 안 통해."

"그럴까."

추야가 놀란 얼굴로 뒤를 돌아보았다.

착지한 바로 뒤쪽에 어느새 다자이가 서 있었다. 추야의 목덜미에 손을 대고 있다.

"유감이군. 이걸로 중력은 자네의 손에서 떠났어."

다자이의 이능력 또한 닿은 대상에게만 발동한다. 그 능력은, '모든 이능력 발동을 저해하고 무효화하는'── 궁극의 반(反)이능력. 그 무효화에 예외는 없다.

"이능력을…… 쓸 수가 없다고?"

히로쓰의 오른손이 추야의 가슴팍에 가볍게 닿았다.

"자, 애송이, 수업료를 낼 시간이다."

흰 충격파.

추야의 가벼운 몸이 뒤쪽으로 날아갔다. 대형차에 받힌 것처럼.

그와 거의 동시에—— 다자이 또한 날아가 땅에 굴렀다.

뒤에 있는 함석 벽에 격돌해 겨우 멈춘다.

"다자이 씨!"

히로쓰의 얼굴에 한순간 혼란이 퍼졌다. 이능력으로 날려 버린 것은 추야뿐. 왜 다자이까지 날아가는가?

"당했……어."

다자이가 복부를 누르며 신음했다.

"충격 직전에…… 하반신의 회전만 가지고 찼어. 덕분에 손을 떼 버렸고……. 저건 자기 이능력으로 일부러 뒤쪽으로 뛴 거야."

날려간 추야가 건물 벽에 가로로 착지했다. 그 입에는 맹수의 웃음.

"하하하! 맞아, 그거야! 연회의 개막에 어울리는 불꽃을 쏴 보자고!"

외침과 동시에 벽을 밟아 부술 정도의 속도로 추야가 비상했다. 똑바로 다자이와 히로쓰 쪽으로 돌진한다.

포탄의 속도와 중량이 실린 추야의 돌진. 히로쓰의 오른손 만 가지고는 받아낼 수 없다. 다자이가 이능력을 무효화한 들 속도가 실린 몸통 박치기만으로도 인체를 부수고도 남는 다.

다음 순간.

검은 불꽃이, 전원을 수평으로 날려버렸다.

"컥?!"

측면에서 휘둘러진 검은 충격파가 전원의 몸을 가로로 쓸어버렸다. 사람뿐만이 아니다. 건물도, 전신주도, 나무들마저도. 공기 그 자체가 갑자기 인간에게 분노의 이빨을 드러낸 것처럼 지상의 만물을 후려친다.

그것은 검은 폭발이었다.

스리바치 가의 중심 부근에서 돌연히 거대한 폭발이 일어났다. 단순한 폭발이 아니다. 일대를 삼켜 버리는 거대한 불덩어리다.

흩어지는 낙엽처럼 날아간 다자이는 빙빙 도는 시야 너머로 그것을 보았다.

붉게 빛나는 한 쌍의 눈. 죽음과 폭력이 수십 년 치나 새겨진 주름. 하얀 머리카락.

검은 불꽃 속에서도 태연하게, 오히려 불꽃을 외투처럼 두르고 지옥의 주인처럼 서 있다.

그 모습은.

"——선대 보스——!"

다자이는 외쳤다. 그 말이 불꽃에 삼켜지고—— 다자이의 의식도 암흑으로 사라졌다.

Phase.02

"포트 마피아에 온 걸 환영하네, 나카하라 추야 군."

마피아 빌딩 최상층의 집무 책상에서 모리가 말했다.

어둑어둑하고 넓은 방. 전기로 차광되어 있어 밖이 보이지 않는 창문. 이 요코하마에서 가장 침입하기 어려운 장소 중 하나인 보스 집무실이다.

그 중앙에—— 모리와 마주 보듯이, 추야가 즐거운 듯 서 있었다.

"초빙해 주셔서 참 영광이군."

추야는 구속되어 있었다. 양손에 수갑이 채워지고 양팔이 가죽 구속구로 묶이고, 양다리에는 선박 견인용 대형 사슬이 감겨 있었다. 발목에는 건축공사에 쓰는 강철 와이어가 감겨 바닥의 쇠붙이에 고정되어 있었다. 주먹은 다시는 펴지지 않도록 강철 족쇄로 덮여 있었다.

게다가 몸통을 에워싸듯이 무수한 붉은 정육면체가 출현한 상태였다. 추야를 속박하기 위한 이능력, 아공간 구속이다.

그 이능력은 추야의 옆에 서 있는 호위 이능력자의 것이었
다.

그러나 그만큼이나 엄중하게 구속했는데도 호위 이능력자
는 여전히 긴장하고 있었다. 추야가 조금이라도 반항할 기
미를 보이면 즉시 반응하기 위해 모든 신경을 집중하고 있었
다. 그는 마피아에서도 실력이 좋은 이능력자였지만 얼굴에
는 전혀 여유가 없었다.

"어제는 대활약을 했다지 않은가." 모리가 책상 너머에서
미소 지으며 말했다.

"우리 부하들을 상대로 종횡무진했다던가. 과연《양》의 우
두머리를 맡을 만하군."

"그것도 방해가 끼어들어서 헛일이 됐지. 유감이야." 추야
는 여유 있는 표정으로 대답한다.

"애당초 나를 이렇게 불러들인 이유도 그것 관련이지? 그
때의 검은 폭발── 검은 불꽃의《아라하바키》에 관해서."

그때 입구 문이 열렸다.

"실례합니다…… 어라."

얼굴을 내민 것은 다자이였다.

"아아, 다자이 군. 기다리고 있었어."

"아! 넌 그때 그 말라비틀어진 애송이!" 추야가 튀어 올랐
다.

"이 자식, 그때는 잘도!"

"그래 그래, 오늘도 기운이 넘치네. 나는 보다시피 크게 다쳤는데. 성장기라서 그렇게 활력이 넘치는 건가? 아니면 머리와 키로 갈 영양분이 기운 쪽으로 가 버린 덕인가?"

다자이는 머리에 붕대를 감고 오른팔은 깁스로 고정되어 있었다. 추야와의 전투와 이어진 폭발로 인한 부상이었다.

"키 이야기는 하지 마!"

"알았어, 알았어. ……뭐, 확실히 타인의 신체적 결점에 대해 왈가왈부하는 건 품위가 없었군. 다시는 말하지 않을 테니 용서해 줘, 꼬마 군."

"이 자식!"

"자아, 그쯤 해 둬라." 모리가 손을 짝 쳤다.

"어제 처음 만났는데 사이가 좋군, 자네들. 그럼…… 추야 군이 말한 대로 검은 폭발 건에 관해 잠시 이야기를 하고 싶다. 란도 군, 미안하지만 구속을 풀어 주겠나?"

란도라고 불린 호위 이능력자──길게 물결치는 검은 머리에 건강하지 못한 눈을 한 남자──가 못마땅한 얼굴을 했다.

"보스, 그것은…… 추천드리지 않습니다. 이 애송이는 위험합니다……."

"뭐 어떤가. 이능력을 무효화하는 다자이 군도 왔고, 그 밖에도 손을 써 두었다네. 게다가 란도 군, 평소보다 추워 보이는데. 안색도 나쁘고. 괜찮은가?"

물음을 받고 란도는 부르르 떨었다.

"부끄러운 줄 알면서 말씀드리자면…… 얼어 죽을 것 같습니다……."

"춥다고?" 추야가 눈썹을 치켜 올리고 옆의 란도를 보았다.

"이 계절에, 그 차림으로?"

란도는 두꺼운 단열재질의 옷을 입고, 거기에 기모 방한외투를 걸치고 목에는 두꺼운 머플러를 두르고 있었다. 머리에는 토끼털 귀마개를 쓰고 신발은 합성가죽 방한부츠를 착용했고, 게다가 온몸에 발열 핫팩을 열 몇 개 붙였다. 그런데도 추운 듯이 떨고 있었다.

"집무실에 오는 이상 실례되지 않는 복장으로 와야 한다고 상당히 얇게 입었기에…… 으으 추워……."

"진찰 결과에 따르면 란도 군은 몸 상태가 나쁜 것도 아니고, 신경계에 문제가 있는 것도 아니고 단지 추운 걸 싫어할 뿐이지만 말이야."

"으으…… 따뜻한 지역에서 일하고 싶어……. 보스, 포트 마피아 분화구 부근 지부 같은 건 없는지요……."

"없군."

"으으…… 그럼 말씀하신 대로, 실례하겠습니다……."

란도는 이능력을 해제했다. 추야를 구속하고 있던 무수한 정육면체 아공간이 소멸했다.

그러고 나서 란도는 음울한 발걸음으로 흐느적흐느적 방을 나갔다.

세 사람은 왠지 모르게 그 뒷모습을 지켜보았다.

"저래 봬도 포트 마피아의 준간부로 우수한 이능력자라네, 그는." 모리가 빠른 말투로 말했다.

"딱히 아무도 변명하라고 안 했는데……." 추야가 중얼거렸다.

"모리 씨, 슬슬 본제로 들어가지?" 다자이가 어이없다는 듯이 말했다.

"아……."

모리는 책상의 깃펜으로 볼을 쓱쓱 긁더니 멍한 목소리로 "그랬지."라고 말했다. 그러고 나서 천장을 보고, 다자이를 보고, 추야를 보고, 자신의 손바닥을 보았다.

그리고 말했다.

"추야 군. 우리 마피아에 들어올 마음은 없는가?"

굉음과 함께 바닥이 부서졌다.

추야를 중심으로 부채꼴 모양의 균열이 바닥에 퍼져 나간 것이다.

"……아앙?"

지옥 밑바닥에서 목소리가 들려왔다. 추야의 목소리였다.

총격전에도 견디는 강화 바닥재가 부서져 파편이 온 방안에 튀었다.

그럼에도 모리도 다자이도 눈썹 하나 까딱하지 않고 무표정이었다.

　"그런 빌어먹을 잠꼬대를 하려고 나를 부른 거냐?"

　"뭐, 그런 반응이 나오겠지." 모리는 탐탁지 않은 의료 진찰 결과라도 보는 듯한 표정으로 추야를 보았다.

　"그러나 내가 보기에, 자네가 쫓는 것과 우리의 목적은 어느 정도 일치해. 서로 제공할 수 있는 것을 확인하고 나서 대답해도 늦지 않다고 생각하네만."

　"하하. 의외로군. 마피아의 새 보스는 시간 낭비가 취미였을 줄이야."

　추야는 입술을 옆으로 끌어당겨 웃었다. 사이로 보이는 이빨로 그대로 상대의 살점을 물어뜯을 것만 같은 웃음이었다.

　"마피아에 들어오라고? 네놈들 마피아가 이 도시에 무슨 짓을 했는지…… 잊어버렸다고 하지는 못할 테지."

　"선대 보스의 폭주인가. 그 일에 관해서는 나도 마음이 아프다네."

　모리는 진의를 확실히 알 수 없는 얼굴로 말했다.

　선대 보스의 폭주── 요코하마 일대를 기나긴 포학과 공포에 빠뜨린 '피의 폭정'은 누구의 기억에도 아직 생생한 참극이었다.

　어느 날에는 도시의 붉은 머리 소년들이 몰살당했다. 보스의 차에 붉은 머리 소년 하나가 낙서를 했다는 이유만으로. 어느 날에는 한 연립주택에 사는 주민이 정수조에 넣은 독으로 전원 사망했다. 적대 조직의 간부가 그 연립주택에 숨어 있을 가능성이 약간 있다는 이유만으로. 또 어느 날에는 포트 마피아의 험담을 한 자는 사형에 처한다는 포고문을 근방 일대에 붙였다. 타인의 험담을 밀고한 자에게 포상한다는 말도 덧붙였다. 그 탓에 몇 년이나 도시 전체가 흡사 중세의 마녀재판과도 같은 의심암귀에 뒤덮였다. 배신의 수도에서 처형된 사망자의 수는 천 명이 넘는다. 그중에는 누명이라는 걸 알면서도 죽인 예도 많이 있었다고 한다.

거역하면 몰살. 이의를 제기해도 몰살.

밤의 폭군과 그의 사병(死兵).

그것이 포트 마피아의 대명사였다.

"하지만 그 선대 보스도 병사했다. 임종은 내가 지켰지. ……만약 그 폭군이 부활했다는 소문이 있다면, 그 진상을 확인하지 않고서는 자네들도 불안하지 않겠나?"

추야는 곧바로 대답하지는 않고 날붙이 같은 눈으로 모리를 노려보았다.

그리고 입을 열었다. "그렇다고 해도…… 네놈에게 턱짓으로 부려먹힐 이유는 안 돼, 의사. 당신에 관해서도 안 좋은 소문이 나돌고 있거든. 사실 선대 보스는 병사가 아니라 당신이 죽인 게 아니냐고 말이지. 그렇잖아? 기껏해야 전속 의

사에게 보스 자리를 넘긴다는 유언을 어떻게 믿겠냐고. 아니라면 아니라고 증명해 보시지? 당신이 사신의 지위를 탐낸 권력욕의 화신이 아니라는 걸 지금 여기서 증명할 수 있나? 못 하겠지?"

모리가 선대 보스를 살해한 것은 조직에서도 비밀 중의 비밀이었다. 진실을 아는 자는 다자이 외에는 아무도 없다.

"증명할 수는 없군. 왜냐하면." 모리는 어깨를 움츠리며 말했다.

다자이는 모리를 보고, 그의 표정 변화를 재빠르게 눈치챘다. 그리고 막으려고 입을 열었다.

하지만 그보다도 먼저 모리가 말했다.

"왜냐하면, 선대 보스는 내가 죽였기 때문이다."

방 안의 온도가 몇 도쯤 내려갔다.

이곳에 온 뒤 처음으로 추야는 말을 잃었다.

"그 위대한 선대 보스의 목을 메스로 절단하고, 병사한 것처럼 위장했다. ——그게 뭐 어떻다는 겐가?"

모리의 목소리는 한없이 침착했다. 자세도 표정도 조금 전과 다르지 않았다.

그러나 거기 있는 인물은 완전히 다른 사람이었다. 무패의 추야마저도 기가 눌릴 정도로 온도가 없는 두 눈동자, 영하의 기운.

책상 너머에 있는 것은 악귀를 먹어치우는 악귀, 사신을 죽

이는 사신, 어마어마한 죽음과 냉혹의 기운을 띤 사악의 화
신이었다.

"진짜냐." 추야가 딱딱한 목소리로 말했다.

"심약한 의사가 들으면 어처구니없어하겠군……. 이거에
비하면 선대 할배 따윈 그냥 악동이겠어."

"칭찬해 주니 영광이군." 모리는 환자에게 보내는 듯한 다
정한 웃음을 지었다.

"추야 군. 마피아에 들어오라는 조금 전의 말을 철회하지.
대신, 공동 조사를 의뢰하고 싶다. 우리가 조사하는 선대 보
스 부활 소문과 자네가 쫓는《아라하바키》는 명백하게 뿌리
가 같은 사건이야. 정보를 나누기만 해도 서로에게 이득이
되는 결과를 가져올 거라고 생각하네만?"

"……만약 거절한다면?"

"죽이겠다."

모리는 말했다. 커피에 설탕을 넣을 때처럼, 당연하다는 듯
한 말투로.

"하기야 자네를 죽이는 건 마피아로서도 고생스럽겠지. 그
러니 자네의 동료를,《양》을 전원 죽이겠다. 어떤가?"

추야의 구속구가 터져 나갔다.

완력과 이능력에 사슬과 구속구가 터져 벽과 천장에 박혔
다.

"죽여 버리겠어!"

추야가 뛰었다. 단숨에 모리와의 거리를 좁혀 오른 주먹을 내리친다.

그 주먹은—— 직전에 멈췄다.

미소 짓는 모리의 눈앞에서, 휘둘러지기 직전의 주먹이 정지했다.

그 주먹 앞에는 모리가 어느새 들어 올린 검은 통신기가 있었다.

〈이봐…… 추야! 살려줘! 거기 있지?〉 수화구에서 젊은 목소리가 흘러나왔다.

〈마피아에게 포위됐어! 빨리 어떻게 좀 해 줘! 이봐! 너라면 할 수 있잖아, 언제나처럼……!〉

모리가 버튼을 누르자 통화는 끊겼다.

굳게 쥔 추야의 주먹이 떨렸다.

"실로 간단했다네. 총으로 무장했어도 그들의 숙련도는 실로 보잘것없었지." 모리는 어깨를 움츠렸다.

"《양》…… 요코하마의 일등지에 구역을 구축한 반격주의 조직. 하지만 자네 이외의 조직원은 총을 가진 평범한 어린아이다. 정말 기묘한 조직이군."

추야의 주먹이 굳게 떨렸다. 그러나 그 자리에서 정지한 채움직이지 않는다. 움직일 수 없는 것이다.

"같은 우두머리로서 심정을 헤아릴 수 있네, 추야 군. 강대한 무장조직인 《양》이 실은 절대적으로 강한 왕과 그에게 매

달려 의존할 뿐인 초식동물 무리였을 줄이야. 조직 운영에 관해서는 아무래도 내가 자네에게 조언할 수 있는 일이 많아 보이는군."

"……이 자식……."

추야가 꽉 깨문 어금니 안쪽으로 으르렁거렸다.

"왜 그러지? 그 주먹은 뭔가. 건강을 위한 운동인가?"

모리는 시치미 떼는 얼굴로 쳐든 추야의 주먹을 찔러 보였다.

싸늘하게 긴장된 시간이 흘렀다.

이윽고 추야는 느릿한 동작으로 주먹을 내렸다.

"자, 이렇게 됐다네, 다자이 군." 모리는 미소를 지으며 말했다.

"지금 이 방에서 가장 강대한 폭력을 가진 것은 추야 군이겠지. 그러나 마피아에게 폭력이란 지침 중 하나에 지나지 않아. 마피아의 본질은 온갖 수단으로 합리성을 컨트롤하는 것이다. 이 경우의 합리성이란, 반항 때문에 생기는 불이익이 반항하는 이익을 상회하도록 조정하는 것이지. 마피아의 소양 제1번이야."

"그럴지도. 하지만 왜 그런 교훈을 나한테 가르치는 거야?"

"글쎄. 왜일까." 모리는 다자이를 쳐다보면서 애매한 미소를 지었다.

추야는 살점을 물어뜯는 짐승 같은 표정으로 두 사람의 대

화를 듣고 있었다. 그러나 행동으로 내보이지 않고 대신 입을 열었다.

"불이익이 이익을 상회하도록, 이라고 했지." 추야는 모리를 노려보았다.

"정보를 교환해 보자고. 내 이익을 위해서 말이지——. 하지만 먼저 네놈들부터 말해라. 그 이야기를 듣고 나서 판단해 주지."

"좋고말고." 모리는 웃는 얼굴로 말했다.

"먼저 우리의 목적. 우리는 죽은 선대 보스가 나타났다는 소문을 쫓고 있다. 다자이의 조사로는 보름 동안 세 번, 모두 스리바치 가 부근에서 목격되었다는군. 그리고 네 번째—— 그는 자네들 앞에 나타나 검은 불꽃으로 자네들을 날려 버렸어. 참으로 인연이 있어 보이는군. 그에 관해 뭔가 알고 있는가?"

모리가 추야를 보았다.

추야는 날카로운 시선으로 모리를 한동안 노려본 뒤, "죽은 자는 되살아나지 않아." 라고만 말했다.

"나도 그렇게 생각한다. 만약 되살아난다면 의사는 모두 실직할 테니 말이야. 하지만…… 그런 소릴 할 상황도 아니지. 이걸 봐 주게."

모리는 집무 책상 서랍을 열쇠로 열어 안에서 손바닥 정도 크기의 영상 단말기를 꺼냈다. 그것을 책상에 놓고 전원을 넣는다.

단말기에 영상이 나오기 시작했다. 실내 영상이다. 천장에서 내려다보는 위치에서 찍은 영상으로, 바닥과 벽 선반에 엄청난 지폐 다발이 쌓여 있다.

"포트 마피아 본부 빌딩 내에 있는 금고실의 감시 영상이다. 이곳에는 포트 마피아의 비밀 자산 절반을 보관하고 있지. 이 보스 집무실과 마찬가지로, 가장 침입하기 어려운 장소 중 하나야. ──이 뒤를 보기 바란다."

모리가 가리킨다. 지폐 다발 사이를 누비듯이 천천히 사람 그림자가 이동한다.

그 그림자를 보고 다자이가 숨을 삼켰다.

"……설마."

사람 그림자가 감시 장치 쪽을 보았다.

검은 누더기를 걸치고 공중에 떠 있는 노인. 눈동자에 불꽃을 깃들인 밤의 폭군.

노인── 선대 보스는 영상을 보고 있는 다자이와 모두의 반응을 꿰뚫어본 것처럼 감시 장치를 향해 입을 열었다.

"나는 되살아났다."

그 목소리는 낮고 기묘하게 갈라져 있었다. 단말기에서 들리는 소리임에도 불구하고 방 안의 온도가 조금 내려간 듯했다.

"지옥의 업화 속에서. 왜인지 아느냐, 의사 선생?"

화면 속의 선대 보스는 작게 흔들리고 있고 모습이 일정하지 않았다. 윤곽이 불꽃처럼 일렁이고 있다.

"분노 때문이다. 원통함에 대한 분노다. 그놈은 분노를 먹는다. 그놈은 나를 지옥에서 현세로 불러내 더욱 분노를 낳게 할 작정이야. 강대한 힘을 가진 신의 짐승, 검은 불꽃의 《아라하바키》──. 그놈은 이 세계의 분노 그 자체. 그놈의 소망대로 나는 여기서 복수를 이루고, 더욱 분노를 흩뿌릴 것이다. 나를 죽인 자여── 오늘부터 네놈은 떨면서 잠들어라."

그렇게 말한 직후, 거대한 불꽃이 선대 보스의 전신에서 분출했다.

지폐 다발이 삽시간에 불타오르고, 벽재가 녹고, 곧바로 영상이 까매지더니 끊겼다. 감시 장치가 정지한 것이다.

화면이 암전되었지만 아무도 바로 목소리를 낼 수 없었다.

"이상이 감시 기록에 남겨져 있었던 모든 내용이네."

모리는 그렇게 말하고 영상 단말기의 전원을 껐다.

"지금 이 영상을 아는 자는 경비 담당자와 간부 한 명 그리고 나뿐이야. 전원에게 발설을 금지하도록 엄격하게 일러두었지. 그러나── 소용없을지도 모른다. 화면에 나왔던 선대 보스가 똑같은 연설을 다른 곳에서 하지 않으리라는 보장은 어디에도 없으니 말이야."

다자이가 굳은 표정으로 모리를 보았다. "만약 다른 곳에서 연설을 하면?"

"예상할 수 있겠지. 이 영상에서 그는 자신의 사인이 병사가 아니라 암살이라고 말하고 있어. 만약 같은 내용이 선대파에 알려지면—— 최악의 상황을 예상할 경우 조직 내의 3할이 나의 적으로 돌아설 거다. 이기든 지든 마피아는 괴멸이야."

다자이는 말없이 무언가 생각하는 표정으로 어두운 화면을 주시하고 있었다.

"추야 군. 자네는 처음으로 다자이 군을 만났을 때《아라하바키》에 대해 질문했다지? ——아라하바키란 어떤 자인가?"

추야는 모리를 흘끗 보았지만 아무 말도 하지 않았다.

"이쪽에서도 가볍게 조사했지. 아라하바키라는 것은 전설에 나오는 신의 권속이다. 이른바, 정강이에 두르는 각반의 신, 일본 신화 이전의 오래된 신. 다만 너무도 오래되었기에 그 정체는 확실하지 않아. 사실은 어떤 글자를 쓰는지도 모르는 모양이야. 그래서 지역에 따라 멋대로 전승이 붙어서 여러 '아라하바키 신'의 유형이 전해오고 있지."

"신 같은 것의 존재를 믿는 거냐?" 추야가 바보 취급하듯이 말했다.

"아니. 나는 본 것밖에 믿지 않아. 그리고 자네도 보았듯이 선대 보스의 모습을 한 인물이 영상에 나온 것은 움직이지 않는 사실이다." 모리는 고개를 저었다. "자네가《아라하바키》를 조사하고 있었던 것은 우연이 아니야. 아마도 우리와 같은 소문을 듣고 진상을 쫓고 있었겠지?"

추야는 잠시 주저하듯이 방 안을 둘러보았지만, 이윽고 입을 열었다.

"사실인지 아닌지는 몰라. 떠돌이가 많은 땅이라 소문의 출처도 알아낼 방법이 없어. 하지만…… 당신들, 스리바치 가가 어떻게 만들어졌는지 들은 적 있나?"

"스리바치 가?" 의외의 질문에 모리가 눈썹을 치켜올렸다.

"폭심지에 생긴 마을이지. 대전 말기에 원인 불명의 대폭발이 일어나 지면째로 모든 것이 날아갔다. 그 터에 만들어진 마을인데——."

"그 폭발의 원인이 《아라하바키》라는군."

추야는 얼굴을 일그러뜨렸다.

"《양》에는 소문을 좋아하는 놈이 많거든. ……소문으로는 이렇지. 8년 전에 포로가 된 해외의 병사가 조계지 근처에 있는 군의 비밀 시설에서 고문을 받았다. 고문관은 실수를 저질러 그자를 죽게 만들고 말았다. 그러나 죽은 병사가 분노와 원한으로 《아라하바키》를 불러일으켜 검은 불꽃과 함께 되살아났다. ……참고로, 지옥에서 《아라하바키》를 불러일으킬 수 있는 건 생전에 사람을 마구 죽이고 다닌 놈, 죽은 자의 영혼을 무수히 휘감고 거기에 더해 강한 분노를 품고 죽은 인간뿐이라고 하더군. ……아무튼, 되살아난 병사는 증오스러운 적병, 즉 이 나라의 군인을 시설과 함께 통째로 날려 버렸다. 그 폭발로 생겨난 것이."

"그 스리바치 가, 라는 말인가." 모리는 신음했다.

"그래. 하지만 인간 한 명의 머릿속에 집어넣기에 《아라하바키》의 힘은 너무 거대했다. 마침내 그놈은 이성도 인격도 날아가 버리고 제어 불능의 괴물이 되어, 지면째로 자신의 몸을 불사르고 증발해 버렸다, 는 이야기야."

"과연. 노한 신의 재래인가. 다자이 군, 어떻게 생각하지?"

"어떻게 생각하고 뭐고." 다자이는 어깨를 움츠렸다.

"그런 일이 있을 리가 없지. 원한이 어쩌고 죽은 자의 영혼이 어쩌고, 너무 거짓말 같아. 어차피 어딘가의 누군가가 대충 생각해낸 호러 이야기겠지."

모리는 신중한 얼굴로 생각하면서 입을 열었다. "하지만…… 선대 보스도 생전에 수많은 사람을 죽였고, 그리고 강한 분노를 품고 죽었다. 조건은 일치해. 게다가 선대 보스가 금고실에서 《아라하바키》의 이름을 꺼낸 것은 흔들리지 않는 사실이다. 최고 수준으로 경비하는 금고실에 침입하는 것은 보통 인간에게 불가능해."

"그럼 결론은 간단해. 이능력자야. 우리가 모르는 이능력으로 그 영상이 만들어진 거야. 그리고 《아라하바키》의 소문에 편승해서 선대 보스 부활을 위장한 거고."

"뭘 위해서?"

"뻔하지. 모리 씨가 선대 보스를 암살했다고 모두가 믿게 만들어서—— 마피아를 무너뜨리기 위해."

"이거야 원." 모리는 피곤한 얼굴로 머리를 흔들었다.

"자신이 저지른 일은 자신에게 돌아온다는 건가. 다자이 군, 자네에게 지령을 내리겠다. 지금 그 영상과 같은 연설을 선대파 앞에서 하기 전에 범인을 찾을 것. 알겠지?"

"뭐…… 선대파한테 들키면 모리 씨의 공범자인 나도 고문당할 테니, 하겠지만." 다자이는 불만스러운 얼굴로 말했다.

"시간도 별로 없을 것 같은데, 혼자서 시간에 맞출 수 있을까."

"혼자? 혼자가 아니야." 모리는 싱긋 웃고는 말했다.

"거기 있는 추야 군에게 도움을 받거라."

""뭐어?!""

두 사람이 동시에 소리쳤다.

"무슨 헛소리를 지껄이는 거냐 이 자식, 날려"*"*싫어, 절대 싫어 왜 이런 놈이랑 같이"*"*린다, 누가 그런 헛소리"*"*해야 하는 거야 혼자 하는 게 훨"*"*것 같냐, 어이!"

"한꺼번에 소리 지르지 마라."

모리가 두 사람을 동시에 보면서 말했다.

"추야 군. 자신이 명령을 거부할 수 있는 상태가 아니라는 건 알고 있겠지?"

"뭐야, 치사하" "쫄대지 마라 멍청아!" "도 모리 씨는 그런 식으로!" "기지 마!"

"그래, 그래."

동시에 소리쳐도 모리는 미소 지을 뿐 상대하지 않는다.

"두 사람을 붙이는 이유는 몇 가지가 있다. 먼저 마피아에 적대하는 소문이니 마피아가 아닌 인간이 탐문하기가 더 용이하지. 게다가 조사 중에 추야 군이 배신하지 않게 하기 위해서는 감시가 필요한데, 그건 '이능력 무효화'를 가진 다자이 군이 적임이야. 그리고 마지막으로 가장 중요한 이유인데⋯⋯."

다자이와 추야가 나란히 몸을 내밀었다. 그리고 이어지는 말을 기다렸다.

그러나 모리는 잠시 동안 말을 입속에서 굴린 후, 미소 지으며 말했다.

"비밀이다."

"그게 뭐야!"

"뭐, 어른의 감 같은 거라고 생각해 두거라."

모리는 수수께끼 같은 미소를 지었다.

"두 사람 다 사이좋게 지내야 한다. 이건 명령이다. 만약 사이가 틀어져서 임무를 소홀히 했다는 보고가 내 귀에 들어오면⋯⋯ 알고 있겠지?"

모리가 천천히 미소 지으면서 두 사람을 보았다.

보이지 않는 냉기가 주위에 퍼졌다.

"대답은?"

침묵.

"대답은?"

"……네."

두 소년의 씁쓸한 목소리가 들렸다.

"좋다. 그럼 가거라. 좋은 보고를 기대하고 있으마."

다자이와 추야가 상대의 걸음을 방해하면서 걸어가 사라지는 모습을 모리는 조용히 지켜보았다.

이윽고 문이 닫히고 모리는 혼자 방에 남겨졌다. 폭풍이 지나간 뒤의 바다 같은 고요함이 방을 뒤덮었다.

모리는 문 쪽을 바라본 채 혼자 중얼거렸다.

" '다이아몬드는 다이아몬드로만 연마할 수 있다' ──인가."

자신의 기억을 응시하면서, 모리는 미소 지었다.

"나쓰메 선생님, 저와 후쿠자와 님에게 하셨던 그 말씀, 이번에야말로 확인하도록 하겠습니다."

파란 하늘이 요코하마 상공에 펼쳐져 있었다.

올려다보면 누구나 심호흡을 하고 싶어질 듯한 기분 좋은 하늘이다. 그러나 하늘을 본 몇 사람들은 다른 의견을 품었다. 창백하고 너무도 투명하다. 이러면 지상에서 파괴의 불꽃이 타올랐을 때 검은 연기가 하늘에 선명하게 새겨지고 만다.

그리고 그 검은 연기는 곧 피어오르려 하고 있었다.

다자이와 추야는 마뜩잖아하면서도 수사를 개시했다. 검은 연기의 근원이 될 불씨를 발견해 없애기 위해. 남겨진 시간이 별로 없다.

고요하게 맑은 하늘 아래, 두 사람은 골목을 걷고 있었다. 불쾌한 얼굴로 말도 나누지 않고, 서로 5미터 정도의 거리를 벌린 채.

다자이가 앞, 추야가 뒤다.

5미터나 거리가 떨어져 있는 탓에 아무도 두 사람이 동행 중이라고는 생각하지 않을 것이다.

"……어이." 추야가 작게 말했다.

앞쪽에서 걸어가는 다자이는 대답하지 않는다. 돌아보지도 않는다.

"……이봐, 어이." 추야가 다시 말을 걸었다.

"어디 가는지 정도는 알려줘라."

"이거 참 좋은 날씨네. 너무 날씨가 좋아서 요정님의 목소리가 들려오는걸."

"웃기지 마라. 내 목소리다."

다자이가 돌아보았다. "아아, 자네, 있었나. 미안하지만 말 걸지 말아 주겠어? 지금 숨 쉬느라 좀 바쁘거든."

"목을 뽑아 버린다, 붕대 자식아. 그거 말고 어디로 가는지 대답하라고."

"알겠어, 대답하지. 대답할 테니 가까이 오지 말아 주겠어? 동행하고 있다고 생각되긴 싫거든."

"걱정 마라. 나도 그렇게 생각되기 싫으니까."

"우후후, 마음이 맞는군. 그런 자네를 참 좋아한다네!"

"우와, 하지 마! 기분 나빠 죽겠어!"

"······응, 나도 기분 나빠서 죽는 줄 알았네."

다자이는 후회하는 표정으로 신음하고 나서, 추야를 보지도 않고 말했다.

"무슨 이야기 하려 했더라? 아아 그래, 지금 가고 있는 장소 이야기였지. 지금부터 하려는 건 조사야. 폭발을 가장 가까이에서 목격한 사람에게 탐문하러 간다."

"탐문이라고? 귀찮군······. 적을 추궁해서 실토하게 하고 끝, 이렇게는 안 되는 거냐?"

"될 리가 없잖아." 다자이가 혐오스럽다는 표정으로 추야를 보았다.

"애초에 왜 폭발 따위를 조사하는 건데. 조사할 거면 선대 보스의 목격정보를 조사해야 하는 거 아니냐?"

다자이는 추야의 얼굴을 잠시 동안 쳐다본 후 입을 열었다.

"쫓아야 할 건 선대 보스의 소문이 아니라, 《아라하바키》 본체의 소문이기 때문이야. 되살아난 선대 보스가 이능력으로 위장된 거라면, 이능력자 본인이 《아라하바키》 역할을 연기하고 있다는 말이 돼. 아무리 완벽하게 위장한 범인이라도, 숨 쉬고 식사하고 생활하는 건 피할 수 없어. 그쪽을 쫓는 거다."

추야는 얼굴을 찌푸렸다. "하지만…… 《아라하바키》의 소문이라면 《양》의 동료들이 실컷 조사했다고."

다자이는 씨익 웃었다. "아무리 소문을 좋아하는 《양》의 호사가들이라도, 이야기를 들을 수 없는 상대란 게 있는 법이야."

그러고 나서 정면을 보고 다시 걸으면서 말했다.

"1주일 전에 우리가 경험한 것과 같은 폭발이 일어났어. 장소도 똑같은 스리바치 가야. 선대 보스의 모습 자체는 목격되지 않아서 알아차리는 게 늦었지만, 아마도 우리가 쫓고 있는 사건과 원인이 같겠지. 그 폭발의 생존자에게 이야기를 들으러 가는 거다."

"생존자……라면, 사망자가 나온 거냐."

"그래. 마피아 단원이야. 살아남은 사람은 이능력자고, 자네도 이미 만나본 인물이지. 요 앞에 자택이 있어서, 거기서 이야기를 듣기로 약속을――."

다자이가 골목 앞쪽을 가리켰을 때 답이라도 하듯이 그 방향에서 굉음이 울려 퍼졌다.

"뭐냐?!" 추야가 놀라서 굉음이 난 쪽을 보았다.

"……아—." 다자이가 귀찮다는 듯한 얼굴을 했다.

"지금 그건 폭발 소리네."

폭발이 일어난 저택 같은 장소에서 검은 연기가 피어오른다. 총성도 희미하게 들려온다.

"어이, 이봐. 저기로 이야기를 들으러 가는 거 아니었냐?"

"범인에게 선수를 빼앗긴 걸까."

"어이쿠, 그거 진짜냐. 장난 아닌데, 큰일이군."

다자이가 추야를 본다. 예상과 달리 추야의 표정은 기대감에 빛나고 있었다.

"다시 말해 이런 거겠지? 귀찮은 탐문에서, 입막음을 하러 온 범인을 쥐어짜서 입을 열게 하는 작전으로 변경됐다는 거지?"

"뭐어……?"

"최고잖아. 간다, 이봐, 빨리 와라!"

말이 끝나기가 무섭게 바람처럼 질주하는 추야를, 다자이는 무표정하게 바라보았다.

"……어린애군……."

저택은 반 정도 날아가 있었다.

덩굴이 얽힌 서양식 저택이다. 오른편 반쪽은 잘 손질된 고풍스러운 저택이고, 왼편 반쪽은 검은 잔해의 산이었다. 잔해에는 잔불이 남아 잿빛 연기를 피워 올리고 있다.

저택은 주택가에서 떨어진 인공림 안쪽에 있어서 부상자나 구경꾼의 모습은 없었다. 그 대신 총을 든 사람이 일고여덟 명 있었다. 저택을 향해 소총을 겨누고 때때로 메마른 총성을 울리고 있었다.

"시작됐군." 숲속에 숨으면서 다자이가 말했다.

"성대한 폭발 흔적. 저 폭발의 한가운데에 들어갔다면 괴롭지 않게 날아가 죽을 수 있었겠지……."

"아 예에. 나중에 얼마든지 죽여 줄 테니까 지금은 일에 집중해라." 추야는 업신여기는 눈으로 다자이를 보고 나서 저택으로 시선을 되돌렸다.

"무장 조직의 습격이다. 적은 바깥에 여덟 명. 안에도 몇 명쯤 있을지도 모르겠군."

추야가 그렇게 말한 직후, 파열음이 들리고 건물 벽이 날아갔다. 2층 부근의 회반죽벽을 부수며 안쪽에서 무장한 남자가 튀어나왔다. 누군가가 그를 날려 버린 듯했다.

"아―. 뭐, 란도 씨의 이능력을 상대로 저 정도 무장이면 저렇게 되겠지." 다자이가 느슨한 목소리로 말한다.

"란도?"

"마피아의 이능력자로, 우리가 지금부터 이야기를 들으러 갈 상대. 보스 집무실에서 자네를 이능력으로 구속했던 사람이야. 추위를 많이 타던 그 사람."

"그 자식인가." 추야가 씁쓸한 얼굴을 했다.

"도우러 갈 거냐?"

"간다고 해도, 우선 상대의 소속과 작전 규모를 몰라서야……."

그때 뒤에서 총을 겨누는 소리.

"가르쳐 드릴까요."

남자의 목소리가 들렸다. 다정한 목소리다. 죽음의 입맞춤처럼.

"두 손을 들고 뒤로 도세요."

다자이와 추야는 한순간 얼굴을 마주 보고 나서 얌전히 손을 들고 뒤로 돌았다.

그곳에는 암회색 전투복을 입은 남자가 서 있었다. 거목처럼 건장한 남자다. 권총을 다자이에게 겨누고 있다.

"이런, 어린아이입니까." 권총을 든 남자는 의외라는 듯한 목소리를 냈다.

"완전히 증원부대인 줄 알았는데. 마피아가 일손이 달리는 건지, 저 란도인가 하는 남자에게 인망이 없는 건지."

"죄, 죄죄, 죄송해요! 저희는 그냥 근처에 사는 애들이에요!" 다자이가 공포에 떨리는 목소리를 냈다.

"란도 씨 집에 배달 가는 중이었는데, 그래서……."

"이봐, 아저씨." 다자이의 말을 자르고 추야가 기쁜 듯한 목소리를 냈다.

"서로 시간을 절약하자고. 당신이 나한테 한 발 쏴. 그러면 내가 반격으로 당신을 옆 마을까지 날려 줄 테니. 하는 김에 남은 습격자도 전원 날려 주지. 그걸로 습격은 끝이다. 어때?"

"뭐라고?" 총이 추야를 조준한다.

"……아아, 진짜." 다자이가 떠는 것을 멈추고 얼굴을 누르며 고개를 가로젓는다.

"기껏 연기로 속여서 정보를 끌어내려고 했더니……."

"왜 그러지? 어린애는 못 쏘겠냐." 추야는 권총을 붙잡을 수 있을 정도의 거리까지 다가가 총구를 올려다보았다.

"하지만 이 세계에서 살아갈 거라면 적을 겉보기로 판단하면 안 된다는 것쯤은 알고 있겠지. 장비로 보건대 당신들은 《GSS》의 전술반이지?"

남자의 얼굴이 굳었다.

《GSS》, 즉 게르하르트 시큐리티 서비스는 마피아와 대립하는 비합법 조직 중 하나다. 원래 해외자본이 투자된 견실한 민간 경비회사였지만, 본국에서 지원이 끊긴 후 비합법화하여 지금은 안전보장뿐 아니라 위험을 만들어내는 일에도 가담하고 있다. 일반적으로 말하자면 '해적'이다. 계약

하지 않은 기업의 배를 습격해 화물을 빼앗는다. 단 《GSS》 와 경비 계약을 맺은 기업은 습격당하지 않는다. 악명이 그대로 고객 확보 광고가 되는 일거양득의 부업이다.

그리고 그 부업으로 몇 번인가 포트 마피아의 짐을 수장시켜서 현재 두 조직은 매우 험악한 관계였다. 훈련교관이 실제 군인이기 때문에 조직원의 전투 숙련도가 높아서 마피아도 고전을 면치 못하고 있었다.

"자, 빨리 쏴라." 자신의 이마를 총구에 밀어붙이며 추야는 웃었다.

남자가 방아쇠를 당기려고 손가락에 힘을 주었다. 그러나 쏠 수 없다. 총구가 서서히 아래로 내려간다.

"뭐, 야…… . 총이, 무거워……!"

"이 정도 무게로 쩔쩔매지 말라고. 남자잖아?" 추야가 총에 살짝 닿아 있다. 그것만으로도 경량 권총이 거대한 쇳덩어리로 변해 버린 것처럼 남자의 손을 짓누른다.

추야가 권총을 가볍게 찌르자, 갑자기 권총이 남자의 가슴을 노리고 가로로 낙하했다. 대포 같은 중량으로 권총이 남자의 방탄조끼에 파고든다.

흉골이 충격으로 삐걱거린다.

남자가 비명을 질렀다.

가슴을 누르고 뒷걸음질 치는 남자의 발밑에 권총이 떨어져 잘그락 하고 가벼운 소리를 냈다. 추야의 손에서 떨어졌기 때문에 조금 전의 중량은 이미 사라졌다.

"중력을 조종하는 아이…… 설마, 《양》의 나카하라 추야냐……?"

남자가 가슴을 누른 채 신음했다.

"마피아 밑으로 들어갔다는 소문이 진짜였나!"

남자가 노성과 함께 주먹을 내질렀다. 허리의 회전을 이용해 최소 거리에서 꽂히는 지르기다.

"……아앙?"

군대식 지르기가 추야에게 도달하기도 전에 검은 회오리 바람이 남자의 턱에 꽂혔다. 추야의 오른 뒤꿈치가 해머처럼 꽂힌다. 남자에게 고속 뒤돌려차기가 직격한 것이다.

"마피아 따위에 들어가지 않았다. 열 받는 착각하지 마라, 바보 자식아."

남자는 위를 보고 쓰러졌다. 뇌진탕을 일으켜 기절했다. 당분간은 일어나지 않을 것이다.

"허어, 멋지군." 메마른 박수 소리가 들렸다.

"적이 직선으로 쏜 총보다 그에 반응해서 찬 회전궤도의 발차기가 더 빠르다니."

추야의 이능력은 중력자(重力子)를 조종한다. 그 조작 능력은 닿은 대상뿐 아니라 추야 자신의 육체에도 미친다. 자신의 중력을 줄여 가볍게 만들고, 고속으로 기동하며 공격해 명중하는 순간에만 중력을 되돌린다. 그렇게 함으로써 깃털의 속도로 쏘아낸 발차기가 쇠구슬의 무게로 꽂히는 것이다.

"네놈은 보고만 있었지, 도움이 안 되는 붕대 자식."

"날뛰는 게 자랑인 초등학생과 달라서, 나는 제대로 적의 통신에서 정보를 수집했지."

다자이는 어느새 적의 통신기를 귀에 대고 있었다. 남자의 품속에서 꺼낸 것이다.

"통신에 따르면, 자네가 지금 날려 버린 사람의 비명을 듣고 나머지가 응원군으로 달려오고 있는 것 같은데."

다자이의 말이 끝남과 동시에 열 명 정도의 그림자가 나났다. 총을 든 그림자다. 다자이와 추야를 반쯤 포위하듯이 늘어서서 두 사람에게 총을 겨누고 있다.

"어이, 붕대 자식아. 쓰러뜨려 줄 테니까 뭔가 전투 음악이라도 틀어라. 하드록 같은 놈으로."

"바보 아냐?" 다자이가 차가운 눈을 했다.

"대장이 당했다! 표적은 중력사다! 일제사격 개시!"

총구가 일제히 불을 뿜는다.

지면을 찬 추야가 검은 잔상이 된다.

그리고 전투가 시작되었다. ——만약 한쪽의 공격이 전혀 효과를 내지 못하고 그저 차여 날아갈 뿐인 일방적인 폭력을 전투라고 부를 수 있다면 말이지만.

소총에서 발사된 7.92밀리미터 탄환은 추야에게 명중했지만 박히지 않고 나무 조각이라도 부딪친 것처럼 튕겨나갔다. 명중과 동시에 중력이 지워진 것이다. 추야는 기세를 늦추지 않고 지면을 육식동물처럼 낮게 질주했다. 그리고 적중 한 명에게 몸통 박치기를 했다.

적이 마치 폭발에 말려든 것처럼 날아갔다. 추야가 그 몸통에 가로로 착지해 반대 방향으로 도약한다. 다시 근처에 있던 적의 총에 수직으로 뒤꿈치를 내리찍어 총신을 꺾어 버렸다. 체중을 없앤 추야가 총을 발판으로 삼아 다시 도약해 하늘 높이 날아오른다. 공중의 추야의 어깨에 총알 하나가 맞는다. 그러나 추야는 중력을 조종해 총알을 반대 방향으로 튕겨냈다. 총알은 적의 어깨를 관통하고 지면에 파고들었다.

때로는 폭풍우가 되어 비상하고, 때로는 운석이 되어 격돌하는 추야를 어느 총구도 잡아낼 수가 없었다.

"하—하하하—!" 공중의 추야가 즐거운 듯이 소리쳤다.

압도적인 속도와 반사 신경이 그 자리의 생명을 지배하고 있었다. 폭풍 같은 그 전장 지배력에 다자이마저 호흡을 잊고 지켜볼 수밖에 없었다.

마침내 적은 마지막 한 명이 남았다. 어깨에서 피를 흘리며 다가오는 추야를 핏발 선 눈으로 노려보고 있다. 적의 소총은 예비 탄창까지 전부 써 버려, 방아쇠는 철컥철컥 가벼운 소리만 허무하게 울리고 있었다.

"끝이다. 습격 목적을 말해라." 숲속을, 추야가 다가온다. 왕족처럼 천천히, 시간을 들여서.

"《아라하바키》에 관해 아는 것은? 왜 마피아의 준간부를 노렸지?"

"제길……, 너 같은 꼬마에게……!"

마지막 적은 소총을 버리고 허리의 예비 권총을 뽑아 겨누었다.

"관둬." 추야는 표정 하나 변하지 않는다.

"총은 넣어 둬. 어차피 그 상처로는 제대로 맞추지도 못해. 쏴 봐야 위험하기만 하다."

"죽어라……!"

총이 발사되었다.

추야는 중력 조작으로 총알을 무효화하려고 했——지만, 할 수 없었다. 할 필요도 없었다. 상처 탓에 총알의 조준이 빗나가 추야의 머리 옆을 지나갔다.

그 총알은 뒤의 큰 나무에 명중해 단단한 나무껍질에 튕겨 나갔다. 시속 천 킬로미터로 날아간 총알은 튕겨 나간 후에도 비슷한 속도를 가진다. 대인용 할로우 포인트가 망가져, 나선 회전에서 불규칙 회전으로 변화한 총알은 위험한 도탄이 되어 주인에게 똑바로 돌아갔다.

망가진 총알이 남자의 목에 꽂혔다.

"컥……."

놀람의 비명을 지르지도 못하고, 남자는 위를 보고 쓰러졌다. 조금 늦게 피가 뿜어져 나온다.

　불행한 사고—— 그러나, 전장에서는 매우 흔한 사건이다.

　자초지종을 목격하고 있던 추야는 미간을 좁히고 작게 혀를 찼다.

　"……쳇. 그래서 말했잖아."

　그리고 남자에게 등을 돌리고 걷기 시작했다. "적은 정리했다. 빨리 가자고."

　다자이는 대답하지 않았다. 쓰러진 남자 곁으로 흐느적흐느적 다가가 얼굴 옆에 쭈그려 앉는다.

　"운이 없었네. 괴로운가?"

　다자이의 표정은 담담했다. 그러나 눈동자 안쪽에 희미하게, 소방대원을 동경하는 소년이 소방대원을 보았을 때 같은 빛이 작게 흔들리고 있다.

　"……컥……."

　"도탄이 목구멍에 박혔어. 지금부터 처치를 해도 그 상처로는 살 수 없어. 그래도 죽을 때까지 5분쯤 걸리겠지. 총 같은 걸 써서는 안 됐던 거야." 다자이는 고개를 작게 저었다.

　"그 5분은 지옥의 고통일 거야. 나라면 버틸 수 없겠지. 어떡할 건가? 이 총으로 괴로움을 끝내 주길 바라나?"

　남자는 고통 속에서 허덕이고 있다. 말을 하려 하지만 좀처럼 목소리가 되어 나오지 않는다.

"나는 마피아를 위해 일하고 있어. 다시 말해 자네들의 적이다. 하지만 자네의 죽음이라는 귀중한 것을 보여주었으니 나로서는 그 답례를 하고 싶어. 자, 부탁할 거라면 말을 못하게 되기 전에 하는 게 좋을 거야."

남자의 눈에 절망의 빛이 일렁였다.

"……쏴…… 쏴, 다……오……."

"그러고말고."

다자이가 일어서서 총의 방아쇠를 당겼다.

총알이 머리에 명중하고, 남자의 몸은 그냥 물건이 되었다.

"하하하하하하."

다자이는 다시 총을 쐈다. 총알이 잇달아 명중했다. 남자의 시체가 튀어 오른다.

"하하하하. 이 얼마나 화려한가. 하하하하하하."

"관둬라, 멍청아."

추야가 옆에서 총을 붙잡고 막았다.

다자이는 붙잡힌 권총을 보고, 발밑의 시체를 보고, 그러고 나서 추야를 보았다. 이상하다는 듯한 얼굴을 하고 있었다.

"이미 죽었잖냐. 쓸데없이 시체를 쏘지 말라고."

다자이는 어리둥절했다. 그것은── 기묘하게도, 일찍이 사람들이 보았던 어떤 다자이보다도 소년답고 나이에 걸맞은 어린아이의 표정이었다.

그러고 나서 다자이는 생기 없는 웃음을 지었다.

"그렇군. 그 말대로야. 보통은 그렇게 생각하겠지."

그리고 권총을 더러운 것이라도 되는 양 던져 버리고, 시체에게도 추야에게도 흥미를 잃은 듯이 걷기 시작했다.

그 표정은 평소의 다자이의 표정으로 돌아와 있었다. 모든 개념에 흥미를 느끼지 못하는 잿빛 표정이었다.

"하하. 보통인가. 하하하하."

다자이의 메마른 웃음이, 숲 사이로 빨려들어 소멸했다.

"으으 추워……. 바람이 잘 통해서 세 배로 추워……. 바람이 안 드는 땅속에서 매미 유충처럼 남은 인생을 보내고 싶어……."

저택 2층에서 준간부인 란도가 떨고 있었다.

저택 안은 황량했다. 폭발 탓에 벽재가 벗겨지고 조명은 천장에서 떨어져 깨져 있었다. 선반의 물건들은 남김없이 바닥에 쏟아져, 파란 접시, 진녹색 책, 주황색 그림 같은 것이 바닥 위를 번잡하게 물들이고 있었다. 마지막 터치로 적 병사의 시체가 바닥의 데코레이션으로 곁들여져, 붉은 액체가 전체적인 통일감을 내고 있었다. 마치 전위예술 같다.

"큰일을 당했네, 란도 씨. 자 여기, 난로에 지필 목재."

"으으…… 고맙다, 다자이 군. 이 저택에 난로가 있어서 정말 다행이야……. 없었으면 빠르게 몸을 녹이기 위해서 모닥불 속에 뛰어들었을 거다……."

모포를 뒤집어쓴 란도가 다자이가 건넨 목재를 난로에 던져 넣었다. 난로 속의 불은 소각로가 이럴까 싶을 만큼 요란하게 타오르고 있다.

"어이, 붕대 자식아. 지금 그 목재, 어디서 가져왔냐?"

"이 집의 기둥." 다자이는 태연한 얼굴로 말했다.

황폐해진 응접실에서 다자이와 추야는 란도를 만나고 있었다.

란도는 비교적 고참 마피아다. 선대가 보스였던 시절부터 조직에서 일하고 있었는데, 준간부로 발탁된 것은 모리 대에 들어오고 나서다. 예전에는 어느 쪽인가 하면 찬밥 취급이었고 그 탓에 주위에서는 모리 파, 즉 선대 보스보다 현 체제에 가담하고 있다고 여겨졌다.

"란도 씨가 습격당한 이유는 대강 짐작이 가." 다자이는 바닥에 굴러다니는 책을 난로에 대충 던져 넣으면서 말했다.

"'소문 확장'이야. 모리 파인 란도 씨가 폭발로 살해당하면 사람들은 '선대 보스의 분노'를 더욱 강하게 실감하겠지. 실제로 여기 오기 전에 《GSS》의 지휘관을 조사했더니 검은 폭발을 위장하기 위한 지침서가 발견됐어."

"검은 폭발이라면……?" 란도가 떨면서 물었다.

"나도 자세한 건 모르니까 전문적인 부분은 나중에 조사하겠지만, 나트륨 램프를 광원으로 하는 약품의 불꽃색 반응을 이용하면 검은색에 가까운 색깔의 불꽃을 만들 수 있다고 해."

다자이는 주워 온 서류를 보면서 말했다.

"뭐 어쨌거나 시시한 위장 작전이야. 결국 란도 씨를 처리하지 못한 데다, 위장 작전부대가 역습을 당했으니까."

"다시 말해 이런 얘기냐?" 추야가 오른 다리에 체중을 싣고 허리에 손을 올렸다.

"《GSS》놈들이 마피아를 분열시키기 위해서 《아라하바키》로 행세하고 이 형씨를 습격했지만 실패했다."

"그렇게 되겠지."

"그럼 일련의 사건의 흑막은 《GSS》의 대장?"

"그럴 가능성이 높다고 생각하는데."

"으으 추워……. 《GSS》의 현 총수는 냉철한 이능력자……. 게다가 그는 북미의 비밀 기관 '길드'와 깊은 관계라는 소문이다……. 죄를 묻는다 해도, 상당한 준비를 해야 한다고 할 수 있지……. 다자이 군, 난로에 연료를 더 다오……."

"자, 여기." 다자이가 비싸 보이는 그림을 건네주면서 말했다.

"죄를 물을 필요는 없어. 우리의 목적은 선대 보스가 부활했다는 이야기가 거짓이라는 걸 대중에게 까발리는 거니까.

그래서 말인데 란도 씨, 묻고 싶은 게 있는데."

"으음, 좋고말고. 은색 탁선을 가진 자의 지시에는 거역할 수 없고…… 그게 아니라도 모리 님은 나를 중용해 주신 은인……."

"그거 잘됐군. 그럼 란도 씨가 스리바치 가에서 목격한 《아라하바키》에 관해서 자세히 가르쳐 줬으면 해. 범인에게 이어지는 정보는 지금으로선 그것밖에 없거든."

"아아……. 그건…… 잘 기억하고 있고말고."

란도는 담요에 턱을 파묻듯이 고개를 숙인 다음, 작게 "잊을 수가 없지."라고 말했다.

"란도 씨?"

다자이가 란도를 보았다.

란도의 손이 떨리고 있다.

다자이는 곧바로 깨달았다—— 이 떨림은 추위 때문이 아니다.

"나는…… 살아남았다. 그러나 주위 부하들은 모조리…… 불타 버렸다. 그 검은 불꽃에……. 다자이 군. 자네의 작전은 옳아. 범인을 처벌하는 것이 아니라, 음모를 밝히는 데 머무른다…… 그렇게 하게. 그렇게 해야 해. 왜냐하면 그건 정말로 신이니까. 인간이 떼로 덤벼도 이길 가능성은 전혀 없으니까……."

란도의 서늘한 색깔의 눈동자에는 확연하게 공포가 흔들

리고 있었다.

다자이는 란도가 이 정도로 두려워하는 얼굴을 본 적이 없었다. 란도가—— 백 명의 시신이 굴러다니는 항쟁 중에도 눈썹 하나 까딱하지 않는 엄청난 실력자가 공포에 떠는 모습은 아무도 본 적이 없다.

"자세히 얘기해 줘, 란도 씨." 다자이는 희미하게 웃었다.

"재미있어졌어."

란도는 한 번 헛기침을 하고, 음울한 눈으로 두 소년을 번갈아보면서 입을 열었다.

——그것은, 스리바치 가의 거의 중심지에서 일어난 일이었다.

우리 마피아는《양》의 무장 소년들과 싸우고 있었다. 그날 싸움은 우리 쪽에서 걸었지만, 원인을 말하자면 이틀 전에《양》이 마피아 조직원이 탄 여객기를 추락시켰기 때문이었고, 그 항공기를 추락시킨 원인은 지난주에 마피아가《양》의 창고를 습격했기 때문이었고, 또 그 원인은《양》이 지난달…… 뭐, 그런 식으로, 어느 쪽이 먼저 잘못했는지는 더 이상 아무도 기억하고 있지 않아. 느와르 영화와 달리 우리 세계에는 명확한 선악의 인과가 있는 일은 거의 없지. 이제 와서 말할 필요도 없을 것 같다만.

으으 추워……. 미안하지만 거기 외풍을 잔해로 막아 주겠나? 그래, 거기다. 고맙다.

그래서 말이다. 때마침 항쟁을 하러 가던 도중, 갑자기 검은 폭풍에 우리 모두가 날아간 것이다.

아까 내 저택을 날려 버린 《GSS》의 폭발 따위는 그것과 비교하면 어린애 재채기 같았다. 소중한 부하들은 모두 죽었다. 이능력으로 아공간을 전개하고 있었기 때문에 나만 간신히 살아남았다.

그것은—— 거기 있었던 세계는 도저히 한마디로는 표현할 수 없다.

최소한 이 세상은 아니었다. 검은 불꽃, 끓어오르는 대지. 집들은 삽시간에 융해되고, 공기는 타 버리고, 전신주는 쓰러지기도 전에 재가 되었다.

굳이 표현한다면—— 그것은 지옥이었다. 옛 두루마리에 나오는, 몇백 년 전의 작가가 상상으로 그린 듯한, 나락 밑바닥의 풍경이었다.

그 나락의 중심에 그놈이 있었다.

폭발의 중심에 있던 것은—— 선대 보스가 아니었다. 전혀 비슷하지도 않았다. 그자는 인간조차 아니었다.

짐승.

검은 짐승이었다.

네 발로 걷는 짐승. 모피는 불꽃. 두터운 꼬리도 불꽃. 한 쌍의 눈동자도 연옥에서 뿜어져 나온 듯한 불꽃이었다.

크기나 윤곽은 손발을 땅에 짚은 인간과 비슷했다. 그러나 다른 모든 점은 인간을 초월한 상태였다. 무엇보다 존재감이 달랐다. 유사 이래의 온갖 재앙과 학살을 농축하고 응축한 육체라고 할까. 혹은 천체나 은하가 가지는 이 세계의 근원 그 자체의 에너지가 구현된 모습이라고 할까.

분명히 말할 수 있는 건, 그곳에는 악의가 없고 분노도 없었다. 감정의 떨림 자체가 없었다. 그놈은 그저 그렇게 되어 있기 때문에 그곳에 존재하고 있는 거다.

나는 이 현상을 합리적으로 설명할 수 있는 무언가를 찾아 주위를 보았다.

어쩌면 이것은 적의 이능력일지도 모른다. 지금 생각하면 그 정도로 거대한 열량을 이능력자 한 명이 낼 수 있을 리가 없지만, 그때는 다른 가설을 세울 수가 없었다.

그러나 주위에 이능력자는 없었다. 아무것도 볼 수가 없었다. 정확하게 말하자면 풍경조차 존재하지 않았다.

지상의 모든 것들이 고열로 일렁이고 있었다. 하늘 색깔조차 제대로 보이지 않을 정도였다. 하물며 풍경 따위야 물을 쏟아 버린 수채화 같았다. 이 세상 모든 것이 망령으로 변해 버린 것 같았다. 다만 요코하마의 바다가, 저 멀리 보이는 그 바다만이, 어디에 있든 변치 않는 잿빛 강철의 표면처럼 고요하고 잔잔했던 것을 묘하게 기억하고 있다.

바다를 빼고 다른 모든 것을 지워 버린 그 짐승이 이쪽을 보았다.

내장에 녹은 납을 흘려보내는 듯한 감촉이 느껴졌다.

다음 순간, 믿을 수 없는 일이 일어났다.

나의 이능력—— 아공간 영역에 금이 간 거다.

총이든, 도검이든, 혹은 벼락, 광선, 음압이든, 공간 그 자체가 다른 경우에 그것을 넘어오는 일은 결코 없다. 오른손에 든 소설에 나오는 주인공이 왼손에 든 소설에 나오는 악인을 쓰러뜨릴 수 없는 것과 마찬가지. 애초에 차원이 다른 거다.

그러나 그 짐승은 그것을 해냈다.

물리 법칙을 넘어온 거다.

그렇다면 짐승은 신인가 악마인가.

나는 곧바로 아공간을 다시 폈다. 그러나 다시 펴는 한순간의 틈만으로도 그놈에게는 충분했다. 보이지 않는 무언가가 나를 후려쳤다.

그것은 힘 그 자체의 격류. 열이나 빛이나 벼락 같은 구체적인 힘으로 변환되기 전의 원초적 에너지. 아마도 검은 불꽃은 그 원초적 에너지의 여파, 폭염에서 오르는 연기 같은 것에 지나지 않겠지. 그 에너지가 나를 후려친 것이다. 도저히 일개 이능력자가 어떻게 할 수 있는 차원이 아니었다.

아공간을 다시 폈을 때 이미 내 몸은 공중으로 날아가 있었다. 1초만 방어가 늦었더라면 전신의 세포가 뭉개져 내 육체였던 것은 흔적도 없이 이 세상에서 사라졌겠지. 그래서 버티지 못하고 날려간 것은 오히려 요행이었다고 할 수 있다.

내가 정신을 잃기 직전에 야수의 포효를 들었던 기분이 든다.

역시 아무런 감정도 의지도 담기지 않은 목소리였다.

나는 그것이 두려웠다.

두려움을 주고자 하는 목소리가 아니었다. 위협도 협박도 아니었다. 그저 그곳에 그렇게 있을 뿐인 목소리. 나는 곧바로 깨달았다. 그놈은 그저 존재하는 것만으로도 이 정도의 파괴를 일으키는 거라고.

어떤 항쟁보다도 무시무시했다.

공중을 날고, 지면을 굴렀다. 거기서부터는 기억이 없다. 간신히 구출되어 이렇게 살아 있는 것은 오로지 행운일 뿐이다. 그놈에게 나를 죽이려는 의도가 터럭 한 올만큼이라도 있었다면 나는 즉사했을 거다.

저것이 신이라고 누군가가 말한다면, 나는 믿을 거다.

홍수에 살의는 없다. 화산에 살의는 없다. 태풍에도, 낙뢰에도, 지진해일에도 살의는 없다. 그러나 수많은 사람을 한순간에 죽인다. 그 짐승은 그런 것이었다. 그런 존재를 이 나라에서는 《신》이라고 부른다. 그것 외에 뭐라고 부를 수 있겠나?

──란도의 말은 거기서 끊겼다.

다자이도 추야도 금방은 입을 열 수 없었다.

"미안하다……. 자네들은 선대 보스의 부활을 《아라하바키》의 힘 때문이 아니라 적 이능력자의 위장이라 증명하고 싶었을 테지. 하지만 지금 이야기를 모리 님께 보고하면…… 모리 님은 오히려 《아라하바키》라는 신이 실재한다는 것에 현실감을 느끼실 터……. 자네들의 조사가 헛걸음이 될 것이거늘."

"아니, 상당히 흥미로운 이야기였어." 다자이는 웃는 얼굴로 말했다.

"지금 이야기로 전부 알았어."

추야가 다자이 쪽을 보고 말했다. "뭐라고?"

다자이는 연극적으로 몸을 반 바퀴 돌리고 씨익 웃었다.

"그러니까, 트릭과 진범을 알았다고. 사건 해결이야."

Phase.03

추야와 다자이의 주먹이 격돌한다.

"범인이 누군지 말해!"

"싫은데!"

대답이 끝나기를 기다리지 않고 추야가 재빠르게 다자이에게 접근해 강렬한 하단차기를 날린다.

다자이는 땅을 차고 위로 회피. 공중에서 회전해 낙하의 기세를 살려 손에 든 무기를 내리친다.

성인 남성의 키 정도 되는 검은 쇠막대기를, 추야는 두 손을 들어 가드한다. 다자이가 착지한 한순간의 경직을 찔러 추야는 속도를 중시한 빠른 주먹을 비처럼 쏟아붓는다.

"사실은 모르는 거지!"

"아니, 알아. 어디 사는 초등학생이랑은 다르게 말이지."

연속된 주먹의 탄막에 다자이는 방어 일변도가 될 수밖에 없다. 다자이는 후퇴하여 전장 구석까지 내몰린다.

"이봐이봐이봐! 방어만 해 가지고는 싸움에 못 이긴다고!"

마지막으로 추야는 큰 기술인 발차기를 골랐다. 그 자리에서 세로로 회전해 상대를 공중에 차올리는 강력한 기술이다.

그러나 다자이는 기술이 발동할 때 생기는 찰나의 틈을 놓치지 않았다.

"이거 유감!"

다자이가 재빨리 버튼을 누르자, 다자이가 조종하는 캐릭터가 투기를 휘감더니 빛난다. 휘두른 쇠막대기에서 파괴의 광선이 뻗어 추야의 캐릭터를 세차게 내리친다.

"아니이잇!"

추야의 비명이 격렬한 전자음에 덮여 지워진다. 내리친 쇠막대기는 멈추지 않고 화면에 무수한 섬광을 그린다. 공격, 공격, 공격, 공격. 폭풍 같은 공격은 언제까지나 멎지 않고, 추야는 그것을 멍하니 지켜볼 수밖에 없었다.

이윽고 추야의 캐릭터가 땅에 쓰러지고, 다자이의 캐릭터의 머리 위에 '승리'의 글자가 빛났다.

"자아, 끝. 분수를 알았으려나?"

"제길! 한 번 더 해!"

두 사람이 있는 곳은 번화가의 게임 센터였다.

시끌벅적한 전자음. 손님들이 떠드는 소리. 그 속에서 두 사람은 게임기에 마주 앉아 대전 격투 게임으로 전자전을 하고 있었다.

"한 판 더 해도 상관없지만 결과는 같을걸. 이래 봬도 손재

주는 좋은 편이라서.”

다자이는 손을 팔랑팔랑 흔들면서 말했다.

“자 그럼…… 약속을 했지. ‘진 쪽이 명령 하나를 개처럼 순종적으로 수행한다’. 뭘 해 달라고 할까나?”

“제길…… 자신 있었는데……!”

란도의 집을 떠난 뒤 두 사람의 의견은 대립했다. 곧장 범인이 있는 곳에 뛰어들어야 한다고 주장하는 추야에게, 쉽게 가기 위해서는 주도면밀하게 준비해야 한다며 다자이가 반대한 것이다. 다자이가 자신이 간파한 범인의 이름을 말하지 않은 것도 언쟁에 박차를 가했다. 그러나 서로 폭력이나 협박을 통한 문제 해결은 모리 때문에 일언지하에 금지당한 상태였다.

그 때문에 결국 상대를 굴복시키기 위한 공평한 해결 방법으로 전자오락 승부가 선택되었다. 그리고 진 쪽이 승자에게 복종하기로 하고 둘이서 이 번화가를 찾아온 것이다.

그리고 두 사람은 같은 게임 센터에서 같은 내기 승부를 앞으로 백 번 가까이 치르게 되지만—— 그것은 또 다른 기회에 보고하기로 한다.

“자네의 자신감은 꽤나 싸구려인 가게에서 샀나 보군.” 다자이는 몸을 흐느적흐느적 흔들면서 말했다.

“자네의 패인은 이능력이 강하다는 거야. 이능력이 너무 강하니까 교활함도 주도면밀함도 자라지 못했어. 그 키랑 마찬가지로 어린애야. 그래서 못 이기지. 전자오락에서도, 추리 승부에서도 말이야."

"추리 승부라고?" 추야가 다자이를 노려보았다.

"그런 데 응한 기억도 없고, 진 기억도 없는데. 네놈이 멋대로 '범인이 누군지 알았다'고 지껄이고 있을 뿐이잖아. 믿을 수 있겠냐."

"그거 지당하군." 다자이는 고개를 끄덕였다.

"하지만 자네, 범인 모르잖아?"

"……아앙?"

"범인 알아?"

"……그야." 추야는 얼굴을 일그러뜨리고 딴 데를 보았다.

"……다고…….."

"응? 뭐라고?"

"……을 게 뻔하……잖……."

"뭐라고? 안 들려."

"알고 있다니까!" 물어뜯을 듯한 얼굴로 소리치는 추야.

"바보 취급하는 것도 적당히 해라, 이 변태 자식아!"

"대단히 훌륭하군. 그럼 어느 쪽이 먼저 범인을 붙잡는지 승부하지. 자네가 이기면 아까 승부의 벌칙은 없었던 걸로 해도 좋아. 하지만 내가 이기면, 자네는 평생 내 개다."

"흥. 빡빡한 조건을 내밀면 내가 쫄 거라고 생각하는 거냐?" 추야가 도끼눈을 뜨고 다자이를 위협했다.

"얄팍한 허풍쟁이 새끼. 좋다, 받아 주마, 이 승부. 나한테 교활함도 주도면밀함도 없다고? 너 같은 놈에게 내 비장의 수를 보여줄 리가 없잖냐."

"좋아, 소년. 도발을 받아들일 때의 대사로는 상당히 좋아. 칭찬해 주지. 자알했어, 잘했어 잘했—어."

"머리 쓰다듬지 마라!"

놀리면서 추야의 머리에 손을 올리려는 다자이를 추야가 발차기로 뿌리쳤다.

그러는 동안에도 추야는 손을 라이더 재킷 주머니에 넣은 채였다.

"그러고 보니." 추야의 발차기를 보고 다자이가 문득 말했다.

"자네가 주먹으로 싸우는 걸 본 적이 없군. 히로쓰 씨와 싸울 때도, 《GSS》 때도 자네는 공격할 때 발차기만으로 상대와 싸웠어. 주먹은 윗도리에 집어넣은 채로. 뭔가 이유라도 있나? 손톱이 깨지는 게 걱정된다든지?"

"아냐. 어떻게 싸우든 내 맘이지."

"아항, 과연. 의도적으로 힘을 빼고 싸우는 거군." 다자이가 알겠다는 웃음을 지었다.

"아무래도 추야 군의 내부에는 모순이 있다고 할까…… 분열이 있군. 원래 이능력자끼리 싸울 때는 무슨 일이 일어날지 알 수 없어. 추야 군과 히로쓰 씨의 싸움에서 자네가 이능력 성질상 유리했듯이, 어딘가에 자네의 천적이라 할 수 있는 이능력이 있을지도 몰라. 그리고 그건 실제로 이능력에 당하기 전까지는 알 수 없어. 그래서 이 바닥에서는 조우전에서는 절대로 방심하지 않는 것이 상식이지. 물론 이능력 무효화를 가진 나는 예외지만. ······전투할 때 자네는 무슨 생각을 하지? 왜 일부러 자신을 몰아넣으려고 하지?"

"네놈이 알 바 아냐." 추야가 얼굴을 돌렸다.

"그럼 질문을 바꾸지. 강력한 고대신인《아라하바키》. 왜 자네는 그걸 찾고 있지?"

"······그건."

뭔가 말하려던 추야가, 입을 벌린 모습 그대로 경직되었다.

"응? 왜 그러나, 추야 군?"

추야는 재빨리 다자이에게 등을 돌리고 고개를 숙이더니, 라이더 재킷의 깃을 세우고 얼굴을 숨겼다.

"내 이름 부르지 마!" 추야는 속삭이는 듯한 작은 목소리로 말했다.

"말도 걸지 마! 저 녀석들이 사라질 때까지 조용히 화면이라도 보고 있어!"

"저 녀석들?"

다자이가 얼굴을 돌려 가게 입구 방향을 보았다.

그곳에는 세 명의 젊은이가 무언가를 찾는 듯이 두리번두리번 주위를 둘러보고 있었다.

다자이나 추야와 같은 연령대의 소년이 두 명, 소녀가 한 명. 번화가에서 아무렇지 않게 볼 수 있는, 별로 특징이 없는 차림의 3인조다. 다만 전원이 오른손목에 파란 띠를 감고 있었다.

"저 파란 띠…… 분명히 《양》의 조직원이 몸에 두르는 표식이었지."

다자이는 3인조를 보고, 등을 돌린 추야를 보았다.

"저들과 마주치면 뭔가 곤란한 일이라도 있나?"

"저 녀석들과 만나도 되는 상황이 아니잖아, 좀 알아채라!"

"아아…… 과연 그렇군."

다자이는 잠시 턱에 엄지손가락을 대고 생각하다가, 이윽고 엷게 웃음을 지었다. 그리고 소리쳤다.

"이봐─아, 추야 군! 얼른 일하러 가자─! 보스의 명령이잖아─?"

"너……!"

추야가 작은 목소리로 욕설을 퍼붓는 것과 거의 동시에 3인조가 추야의 이름에 반응했다. 그리고 얼굴을 빛냈다.

"추야! 하아, 겨우 찾았다! 한참 찾았다구!"

손을 흔들며 부르는 3인조에게 추야는 깊은 한숨을 한 번 내쉬었다. 그리고 나서 냉정한 표정을 짓고 세 사람 쪽으로 향했다.

"너희, 무사했냐. 다행이다."

추야는 어른스러운 목소리로 말했다. 그 얼굴에 감정의 흔들림은 티끌만큼도 없었다. 돌 같은 표정이다.

"뭘 느긋하게 놀고 있어, 추야. 이런 데서!"

3인조의 가운데에 있는 은발 소년이 입술을 삐죽였다.

"알잖아, 아키라랑 쇼고네가 마피아에 잡혀간 거!"

"걱정 마라." 추야는 감정이 없는 목소리로 말했다.

"그 건은 지금 처리 중이야. 잡혀간 여덟 명은 다친 데 없이 돌아올 거다."

"처리 중이라니…… 어디가? 조직 내에서도 소문이 돌고 있거든? 추야가 마피아에게 굴복해서, 개처럼 여기저기 뛰어다니며 심부름을 하고 있다고 말이야! 내가 소문을 막고 다니느라 얼마나 고생을 했는지── 뭐, 그건 됐어. 빨리 마피아의 감금 아지트에 뛰어들어서 따끔한 맛을 보여 주자고! 평소처럼!"

《양》들의 대화를 다자이는 즐기는 듯한 눈빛으로 조용히 보고 있다.

"그 전에, 너희가 조사하던 《아라하바키》 소문에 대해 뭔가 추가 정보는?"

"어? 아아……." 은발 소년은 당황한 듯이 동료들과 얼굴을 마주 보았다.

"물론, 조사는 진척이 됐어. 부탁받은 대로 소문의 숫자와 출처를 다 함께 쫓았는데, 역시 요 2주 동안 제일 많더라. 검은 불꽃이나 마피아 선대 보스 할배를 봤다는 소문은 2주 동안 폭발적으로 늘었어. 그전에는 자잘한 소문만 나돌았던 모양이지만……."

불쑥 다자이가 끼어들었다. "그럼, 피해를 확인할 수 있는 가장 오래된 소문은 언제지?"

전원이 다자이를 보았다.

"이봐…… 추야? 이 녀석은 누구야? 입단 희망자야?"

"뭐…… 그런 셈이지." 추야는 다자이를 노려보고 나서 《양》들에게 눈길을 되돌렸다.

"미안하지만 이 녀석의 질문에 대답해 줘."

"뭐 상관없지만……."

은발 소년은 납득이 가지 않는다는 얼굴로 추야와 다자이를 번갈아보고 나서 말했다.

"구체적인 피해가 있는 오래된 소문이라면 아마 8년 전일 거야. 대전 말기, 스리바치 가를 만들어낸 거대 폭발. 《아라하바키》가 실제로 낸 피해는 그 일 이전에는 없어."

"역시……." 혼자서 알겠다는 얼굴로 끄덕이는 다자이.

"이봐, 추야, 이 녀석 진짜로 《양》의 신입이야? 아무리 너라도 독단으로 신입을 넣을 수는 없다고. 확실히 너는 제일 세고, 조직에 제일 공헌하고 있어. 하지만 명목상으로는 일단 열세 명의 '평의회' 중 한 명이야. 네가 강권적이고 난폭하다는 비판은 예전부터 모두가……."

"알고 있어." 추야는 낮은 목소리로 말을 잘랐다.

"그래? ……그럼 됐지만. 뭐, 떠들고 싶은 놈은 떠들게 놔둬. 실제로 네 힘에 모두가 의지하고 있어. 그건 확실하니까 말이야."

은발 소년은 익숙한 모습으로 추야의 어깨를 허물없이 두드렸다.

"얼른 돌아와서 탈환 계획을 세우자고. 아키라랑 모두가 잡혀간 곳은 강 너머에 있는 공장 지대야. 실은 그때 나도 거기 있었어. 숨어서 겨우 넘겼지."

"기다려, 공장 지대로 갔어?" 추야가 날카롭게 질문했다.

"너희, 또 술을 훔치러 간 거냐? 한창 항쟁 중이야! 그것도 그렇게 마피아 거점에 가까운…… 유괴해 달라고 말하는 거나 다름없잖아!"

"소리 지르지 마." 소년은 얼굴을 찌푸렸다.

"사람을 죽이러 간 게 아냐. 방어주의의 규칙은 지켰어. 게다가 좋은 기회잖아. 《양》은 유일하게 반격주의, 손을 대면 백배로 돌려준다──잖아?"

"그래. 하지만──."

"추야도 항상 말했잖아. '남들과는 다른 패를 가진 인간은 그 책임을 져야 한다' 고. 이능력의 패를 쥔 책임을 다해 달라고, 추야!"

은발 소년이 추야의 어깨를 감싸고 걸어가기 시작했다.

"자, 가자!"

갑자기 박수 소리가 울렸다.

"재미있군." 다자이였다. 웃음을 띠고, 느릿하게 박수를 치고 있다.

"참으로 재미있어, 자네들. 그만한 전투광인 추야 군이 마치 늑대에게 꼼짝 못하는 양 같군. 아무래도 조직의 정점에 선다는 건 생각보다 훨씬 힘든 모양이야. 나중에 모리 씨의 어깨라도 주물러 줘야겠어."

"자살광, 너……."

"《양》의 제군 여러분, 추야 군을 데려갈 수는 없어. 지금 일하는 도중이라 말이지. 포트 마피아의 명령으로."

"뭐?" 은발 소년이 바보 취급하는 얼굴로 다자이를 보았다.

"그 소문 말이냐? 글쎄, 그럴 리가 있나. 추야가 마피아에게 굴복하다니, 그럴 리가……."

그렇게 말하면서 추야를 보고, 그 무거운 표정에서 무언가를 깨달은 듯했다. "……진짜냐?" 라고 중얼거리고, 추야에게서 손을 뗐다. 믿을 수 없다는 듯이 한 발 물러선다.

"추야. 농담이겠지? 아니면 작전이냐? 마피아를 방심하게 해서 내부에서 파괴한다든지……."

"아니, 사실이다." 추야는 딱딱한 목소리로 말하며 머리를 옆으로 저었다.

"마피아의 보스는 진심이야. 선수를 치기는 쉽지 않아. 감시의 눈도 있고 말이야."

"감시?"

추야는 눈짓으로 다자이 쪽을 가리켰다.

몇 초 후, 사태를 이해한 《양》들은 무심결에 뒷걸음질 쳤다.

"이 꼬마가……?!"

세 명의 《양》들은 몇 발짝 거리를 두었다. 조직원과 몇 번인가 충돌한 적은 있어도 보스 직속 부하와 실제로 만나는 것은 처음이었다.

"그런 거야. 앞으로 잘 부탁해."

"이…… 이봐, 추야! 뭘 멍하니 서 있어! 감시라면 이 자식, 포트 마피아 보스의 부하잖아? 얼른 혼쭐을 내 주고 인질로 삼으면 교환을…… 아니, 아예 죽여 버리면."

"어이쿠, 무서워라." 다자이는 두 손을 올리고 익살을 떨었다.

"이거 곤란하군, 4대1이라면 이길 가망이 없겠어. 뭐든지 할 테니까 목숨만은 살려 줘. 그렇지, 모리 씨에게 부탁해서 인질을 풀어달라고 할 테니까."

"……뭐라고?"

당황하는 네 사람을 신경도 쓰지 않고 다자이는 품속에서 휴대전화를 꺼내 번호를 누르고 귀에 댔다.

"아아, 모리 씨? 컨디션은 어때? 고생하느라 위에 난 구멍은 괜찮아? 아 그래, 커지고 있는 느낌이라고?" 다자이는 즐거운 듯이 전화에 대고 말했다.

"의뢰한 건은 순조로워. 이제 곧 정리될 거야. 그 건으로 부탁이 있는데──《양》의 인질, 풀어줄 수 없을까? 응, 그래. 지금 바로. 다친 데 없이. ……괜찮아, 모리 씨의 가르침을 실천하는 거야. ……응, 그럼."

다자이는 통화 버튼을 누르고 휴대전화를 집어넣었다. "이걸로 인질은 풀려났을 거다."

잠시 동안 《양》들은 당황한 얼굴로 서로를 보았다.

"이봐 이봐, 이런 꼬마에게 인질을 풀어줄 권한이 있어? 지금 그 전화, 보스를 턱짓으로 부리는 것 같았는데──."

은발 소년은 반신반의하는 얼굴을 했지만, 곧 자신의 휴대단말기를 보고 놀랐다. "우오── 진짜다! 전원 무사히 돌아왔다고 문자가 왔어!"

기뻐하는 《양》 세 사람. 그러나 추야만은 그 기쁨을 본 척도 않고 의심스러운 얼굴로 다자이를 보고 있었다.

"네놈…… 뭘 꾸미고 있지?"

"우정의 증거야." 다자이는 수수께끼 같은 미소를 지었다.

"자, 가자. 일을 끝내야지."

"일?" 은발 소년이 바보 취급하듯 웃는다.

"하하, 추야는 마피아의 일 따윈 안 해. 이제 인질은 없으니까!"

은발 소년이 추야의 팔을 끌어당겼다. "가자고, 추야. 다들 너를 기다리고 있어!"

그러나 추야는 움직이지 않는다.

"……추야?"

"미안하지만, 너희만 가 줘." 추야는 고개를 저었다.

"뭐? ……아니, 무슨 소릴 하는 거야, 너?"

"범인을 잡으러 갈 거다." 추야의 표정은 딱딱했다.

"아니…… 그러니까, 그건 마피아에게 협박당해서 하고 있었던 거잖아?" 소년은 잘라 붙인 듯한 웃음을 띠고 있었다.

"지금은 더욱 중요한 일이 있잖아. 보복이야. 아키라나 다른 애들을 유괴한 놈들에게 반격을 먹이는 거야. 유괴 실행범은 이미 알고 있어. '검은 도마뱀'이라는 무장파 조직이야. 강적이지만 네가 있으면 별것도 아냐. 자, 이리 와."

은발 소년이 추야의 어깨를 붙잡고 끌어당겼다. 그러나 추야는 움직이지 않는다. 조금도.

"야, 추야. 적당히 좀."

"《아라하바키》가 먼저다." 추야는 표정을 바꾸는 법을 잊어버린 것처럼 굳은 채로 말했다.

"이 녀석과, 범인을 누가 먼저 잡는지 내기를 했거든. 질 수 없어."

"내기가 뭐 어쨌다는 거야!" 은발 소년이 소리쳤다.

"너, 돌았어? 모두 네가 적을 날려버리기를 기다리고 있다고! 이 거리에서 《양》이 구역을 가질 수 있는 것도, 반격주의의 평판—— '우리를 건드리면 그냥은 안 끝난다' 는 평판 덕분이라고! 그런데 너는, 자기 사정으로!"

"그 정도로 해 둬, 《양》 씨." 다자이가 옆에서 끼어들었다.

"추야 군은 자신의 이능력을 어떻게 쓸지 스스로 결정할 수 있어. 자네들을 지켜 주는 것보다 중요한 일을 찾은 거다. 축복해 줘야지."

《양》들은 믿을 수 없다는 눈으로 추야를 보았다.

"이봐, 추야…… 진심이냐? 네 능력이 없으면 《양》의 반격주의는 성립하지 않아. 얕보이면 구역은 일주일 만에 무너질 거라고! 아니면 너……."

은발 소년이 한 걸음 물러섰다.

"너…… 설마, 소문이 사실이냐? 네가 《양》을 배신했다고……. 이번 일에 성공하면 상으로 마피아의 일원으로 받아준다는 소문이……."

"마피아는 상관없어. 이건 내 문제다."

"진짜냐? 그걸 어떻게 증명할 거지?"

"증명은 불가능해. 자네들이 할 수 있는 것은 믿는 것뿐이다."

다자이가 끼어들었다.

"하지만 그걸로 충분하겠지? 동료니까. ……자, 이제 가
봐."

이 이상 요구해도 소용없다는 것을 깨달은 3인조는 다자이
에게 재촉당해 마지못해 떠나갔다. 굳은 표정의 추야를 때
때로 돌아보면서.

"잊지 마라, 추야. 옛날에—— 어디서인지도 모르게 불쑥
나타난 너를, 출신도 모르고 친척도 없는 너를 받아들여 준
게 우리 《양》이었다는 걸 말이야."

은발 소년은 사라질 때 추야에게 말했다. "그러니까 책임
을 다해라, 추야. '패를 가진 자의 책임' 이란 걸. 우리가 한
말이 아니라 네가 항상 했던 말이다. ——강한 패를 가진 인
간의 책임. 그것에 대해 한 번 더 제대로 생각하는 게 좋지 않
겠어?"

추야는 대답하지 않았다.

사라지는 《양》을, 그저 말없이 지켜보았다.

Phase.xx

 손닿는 것 없는 검푸른 어둠 속에, 「　　」가 있었다.

 위도 아래도, 앞도 뒤도 없었다. 시간의 흐름조차 애매했다. 자신이 누구고, 왜 이곳에 있는지 「　　」는 알 수 없었다.

 그곳은 조용했다. 우물 밑바닥 같은, 혹은 폭풍이 머리 위를 지나가는 바닷속 같은 침묵으로 가득 차 있었다.

 「　　」는 끈적이는 검푸른 어둠에 둘러싸여 있었다. 무거운 어둠이었다.

 어둠 너머로 투명한 벽이 보였다. 그것이 자신을 가두고 있었다. 봉인이다, 「　　」는 그렇게 느꼈다. 하지만 그런 단어를 알고 있었던 것은 아니다. 「　　」는 말을 몰랐다. 왜냐하면 「　　」는 인간이 아니었으니까. 그래서 명확한 말로서가 아니라, 그 전 단계에 해당하는 개념으로서 「　　」는 그 투명한 벽을 느끼고 있었다.

 투명하고, 두껍고, 자신을 가두는 봉인. 굳건한 약속과도 같은 확실함으로, 자신을 외계(外界)로부터 가로막는 벽.

그 너머에 때때로 무언가가 번뜩였다.

오른쪽에서 왼쪽으로, 다시 왼쪽에서 오른쪽으로.

그것은 봉인 너머를 왕래하는 인영(人影)이었지만,「　　」는 아직 인간이라는 개념을 몰랐다.

이쪽을 엿보는 그림자가 있고, 빠르게 지나가는 그림자가 있고, 무언가를 호소하듯 멈춰 서는 그림자가 있었다. 그러나 어느 그림자도 봉인 때문에 멀리 가로막혀 있었다. 세계의 끝을 망원경으로 들여다보는 듯한 기분이었다.

그 봉인이── 어느 날 깨졌다.

신역(神域)이 파괴되고, 어둠이 더럽혀지고, 외계가 침입해 왔다. 누군가가「　　」를 불러낸 것이다. 폭풍과도 닮은 맹렬한 감정이 밀어닥쳐「　　」는 허우적거렸다. 빠져 죽는가 싶었다. 외계 따위에는 흥미가 없었다. 그러나 외계는 그것을 허락하지 않았다.

힘센 남자의 손이「　　」를 붙잡았다.

닿은 부분에서부터 검붉은 불꽃이 뿜어져 나왔다.

그것은 탄생의 울음소리였다.

탄생하는 자는 그때까지 가지고 있던 것을 버려야만 한다.「　　」는 망각했다. 일찍이 자신이 무엇이었는지를. 어둠 속에서 무엇을 느끼고 있었는지를. 평온한 검푸른 어둠. 다정한 고독. 그것은 이미 자신을 지켜주지 않는다.

울음소리가 외계를 가득 채웠다. 그것은 불꽃의 형태를 취했다.

그리고 분노의 불꽃이 지상의 보이는 것 모두를 파괴하고, 분쇄하고, 불살랐다.

그리하여——「　　　」는 탄생했다.

Phase.04

"그 장식품은 오른쪽 천장 가까이에 부탁해. 그래, 조금 더 위에."

어느 방에서 다자이가 연회 준비를 하고 있었다.

조선소 건물 안에 있는 응접실이다. 회사가 망해 소유자가 없어진 조선소 터는 비합법 조직에 절호의 거처가 된다.

배를 보수하는 도크는 지금은 넓은 공터가 되었고, 그 양쪽에 서 있는 3층짜리 건물은 조용히 스러져 가는 운명을 받아들이고 있었다.

그 건물 안의 한 방에 다자이와 란도가 있었다.

과거에는 고급 그림과 푹 파묻힐 듯한 가죽 의자가 놓여 있었을 그 방은, 지금은 비가 샌 얼룩과 깨진 유리 파편이 장식하는 폐가가 되어 있었다. 그리고 다자이는 어떻게 개조한들 아무도 불평하지 않을 이 방을 그가 원하는 방으로 한창 바꾸는 중이었다.

"하아, 기대되는군. 추야 군이 자유를 얻은 기념으로 이렇게 성대한 파티를 개최한 걸 알면 얼마나 기뻐할까."

다자이는 기분 좋게 콧노래를 흥얼거리며 벽에 장식용 천을 달고 있었다. 오른손은 깁스로 고정되어 있는 상태지만, 왼손만 가지고 색색의 장식물을 잇달아 장식해 나간다.

"오오, 이 장식용 천, 길군. 분발해서 준비한 보람이 있어. 벽을 전부 장식으로 메울 수 있을 것 같아. 자, 란도 씨, 끝을 잡아 줘. 이만큼 호화로운 장식이면 추야 군은 감동해서 눈물을 흘릴 거야."

방에는 훌륭한 진홍색 융단이 깔리고, 음향장치에서는 소년들이 좋아할 만한 밝은 현대음악이 흐르고 있다. 방 안쪽에는 금장식이 달린 끌차가 있고, 그 위에는 스무 명이 배불리 먹을 수 있을 정도로 거대한 홀 케이크가 실려 있었다.

방의 조명은 어둡게 낮추고, 몇 초 간격으로 바뀌는 선명한 색채조명이 방을 심해나 황혼이나 신록 속에 있는 것처럼 보이게 했다.

"아니, 다자이 군……. 이런 식으로 환영을 받으면 보통 사람은 '죽인다'고 말할 것 같네만……."

방을 꾸미는 것을 도우면서 란도가 쭈뼛쭈뼛 말했다.

"어째서?"

다자이는 끝없이 긴 빨간색 장식용 천을 들고 이상하다는 듯이 말했다.

"어디를 어떻게 봐도 '추야 군, 해방된 걸 축하해·수고했어 파티' 잖아. 과자와 음료, 좋은 음악. 동료의 웃는 얼굴.

그것 말고 뭐가 필요한데?"

"젊은 사람들은 잘 모르겠군…… 하지만, 적어도 '함정'
은 좀 아니라고 생각하는데……."

란도가 작은 동물이 난처해할 때 같은 얼굴로 바닥을 보았
다.

함정은 융단으로 완전히 가려져 있었다. 조명을 줄인 방
의, 입구에서부터 보이는 거대한 홀 케이크 바로 앞. '자, 안
쪽으로 오시죠' 하고 재촉 받으면 반드시 거기까지 갈 위치.

"후후후…… 그냥 함정이 아니야! 《양》의 멤버들에게 축
복받으며 안쪽으로 온 추야 군은 여기서 지하로 쑥 떨어져.
물론 그 정도 함정으로 추야 군은 꿈쩍도 안 할 거야. 아래쪽
바닥을 차고 금세 돌아오겠지. 하지만 유감스럽게도 아래층
에 발판은 없어. 왜냐하면 밑은 소금쟁이라도 빠져 죽을 게
틀림없는 끈적끈적한 진흙이니까. 아무리 추야 군이라도 이
걸 차고 단숨에 탈출하기는 어렵지. 그리고…… 후후후, 이
파티의 진짜 주빈은 진흙 속에서 허우적거리는 추야 군 위로
떨어지는, 20킬로그램에 달하는 대량의 밀가루야. 함정이
열림과 동시에 로맨틱하다기에는 조금 양이 많은 가루눈이
그의 몸을 확 뒤덮겠지. 추야 군의 중력은 직접 닿은 물체에
만 효과를 발하는데, 밀가루는 입자가 너무 작아서 몸에 닿
지 않은 나머지 밀가루가 대량으로 덮쳐 와서 튕겨낼 수 없
어. ──결국 그는 질식사하지 않기 위해 입 주변에 반중력

을 집중시켜 겨우 호흡하면서 유일한 저항으로 위층의 나를 향해 있는 대로 욕설을 퍼붓겠지. 나는 그걸 연회용 음악 삼아 들으면서 우아하게 과자를 먹는 거야. 아아, 벌써부터 짜릿짜릿해!"

유열에 뺨을 붉게 물들이며, 크리스마스 전날의 소년 같은 미소를 띠고 이야기하는 다자이.

한편 란도는—— 완전히 학을 떼고 있었다.

"아아…… 음, 저어……. 적어도, 자네가 마피아의 고문관에 매우 잘 맞는다는 것만큼은 알았다……."

란도는 파르르 움직이는 입술 끝을 의지의 힘으로 겨우 억누르며 말했다.

"그런데 추야 군을 이 연회장까지 불러들일 방책은?"

"괜찮아, 《양》을 몇 사람쯤 속이고 동료를 모으게 해서 진짜 연회로 위장할 거야. 그 부분의 준비도 거의 끝났어."

"허, 그런가……. 과연 모리 님의 심복……."

"모리 씨에겐 '남이 싫어하는 일을 나서서 하자'는 말을 자주 듣거든." 다자이가 가슴을 펴고 말한다.

"의미가 다르잖나……."

꾸미기를 마친 다자이가 손의 먼지를 털면서 란도 쪽으로 돌아왔다.

"애초에, 《양》과 추야 군은 한번 제대로 사이가 틀어지는 편이 좋아." 다자이는 걸으면서 말했다.

"그들은 화약창고에서 볶음 요리를 하는 거나 다름없는 상태야. 자신들은 깨닫지 못한 것 같지만. 추야 군도 《양》 멤버들도 지금의 방위체제가 최악의 구조라는 걸 깨닫지 못했어. 그런 건 뭐라고 해야 할까. 단추를 잘못 꿰었다? 불안정 집단? '덜 익은 고기 이론'이려나?"

"그…… 덜 익은 고기 이론? 이라는 건 뭐지?"

"아아, 모리 씨한테 배웠는데…… 세 젊은이가 고기를 먹으러 갔다고 생각해 봐."

다자이는 턱을 손가락으로 쥐면서 말했다.

"생고기를 불판에 올리고, 10분 만에 익으면 가져와서 먹지. 하지만 세 젊은이는 한창 먹을 때라서 익자마자 먹어 버려. 다들 잔뜩 먹고 싶어. 다시 말해 전장이야. 여기서 한 명이 날카로운 기지를 보여. 완전히 익기 조금 전의 고기를 가져와서 먹으면 된다, 그렇게 하면 다른 두 사람보다 먼저 고기를 먹을 수 있다고 말이야. 그리고 그 사람은 그렇게 하지. 계산대로 그 사람은 마음껏 고기를 먹고 크게 만족해. 자, 손해를 보는 건 형세가 불리해진 나머지 두 명이야. 고기를 먹을 수 없는데 갈 이유가 없어. 타개책은 있나? 물론 있어. 상대와 같은 전략을 취하는 것…… 즉 자기들도 덜 익은 고기를 먹는 거야. 다른 방법은 없어. 그렇게 모두가 덜 익은 고기를 먹기 시작하면 이미 개개인의 의지로는 그 상황을 뒤집을 수 없게 돼. 자기 혼자 그만두면 고기를 얻을 수 없게 되니까. 이렇게 해서 모두가 덜 익은 고기밖에 먹을 수 없는 불행한 상태에 빠져들어── '충분히 익은 고기가 더 맛있다'는 걸 누구나가 알고 있으면서도 말이지. 이게 '덜 익은 고기 이론'이야. 세상의 불행의 절반쯤은 이걸로 설명할 수 있어."

"허……. 다시 말해…… 개개인이 개별적으로 최적의 상황을 추구한 결과, 전체의 최적의 상황을 잃는 것……. 그리고 그 불행한 상태를 만들어낸 구성원에게는 이미 그 불행을 없앨 수단이 없는 것. 그런 상태를 말하는 건가." 란도는 고개를 꺾었다.

"그런 일이 《양》 멤버들에게도 일어나고 있다고?"

"우후후, 재미있는 점은 자기들이 먹고 있는 것이 덜 익은 고기라는 걸 깨닫지도 못하고 있다는 점이야. 아주 재미있는 장난감이야, 《양》과 추야 군은. 그런 걸 잔뜩 볼 수 있다니 뒷세계도 꽤나 재미있는 곳이군."

다자이는 그렇게 말하고 쿡쿡 웃었다.

"확실히…… 그럴지도 모르겠군."

란도는 몸을 데우기 위해 조명기구에 손을 쬐며 말했다.

"폭력도 항쟁도 살아가는 데 필수적인 것은 아니다. 전원이 '덜 익은 고기를 먹는 걸 그만두자'고…… 즉 '싸움을 멈추고 무기를 금지하자'고 선언하고 준수하면 이 세상에서 폭력은 사라진다. 그러나 실제로는 그렇게 되지 않아. 반드시 누군가가 선수를 치지. 남을 앞질러서 휘두른 폭력은 반드시 막대한 이익을 가져오기 때문이다. 그렇게 되면 다른 사람들도 '덜 익은 고기'를 먹을 수밖에…… 반격을 위한 폭력을 소유할 수밖에 없게 된다. 그것이 암흑사회에서 항쟁의 본질이라고 할 수 있다."

"고참인 란도 씨는 나 같은 것보다 훨씬 그 부분을 잘 알겠지." 다자이가 엷은 미소를 띠고 말했다.

"음……. 선대가 보스였던 시절에 나는 최하위 조직원이었다." 손을 문질러 데우면서 란도가 말했다.

"뒷배도 경제기반도 없는 말단이었다. 최전선에서 싸우고 죽는 게 일. 무수한 항쟁에서 살아남은 것은 이능력 덕분이기도 하지만 거의 운이었다. 보스가 모리 님으로 바뀌고 실력을 인정받아 준간부급으로 대접받는 데까지 올라왔다. ……그래서 모리 님께는 은혜뿐이다. 그분을 위해 마피아의 적을 섬멸한다. 이번 《아라하바키》의 위기에도 최대한 진력할 생각이다."

"기대할게." 다자이가 미소 지었다.

"그리고…… 그렇지. 다자이 군, 자네는 《아라하바키》 사건의 범인을 알았다고 말했는데…… 정말인가? 아니면 추야 군을 괴롭히기 위해서 한 거짓말인가?"

"둘 다야." 다자이는 웃으면서 말했다.

"추야 군 앞에서 말한 건 내기 승부를 받아들이게 하기 위해서지만, 범인을 알아차린 것도 사실이야."

"호오…… 그건 누구지?"

"당신이야, 란도 씨."

침묵.

그저 조용하기만 한 것이 아닌, 모든 소리가 도망쳐 버렸기에 발생한 침묵이다.

"당신이 선대 보스의 모습을 위장하고 《아라하바키》 소문을 퍼뜨렸어. ……뭔가 할 말은?"

다자이의 물음에 란도는 난처한 듯이 머리를 긁었다.

"으음……? 아─. 저기…… 미안하지만, 이럴 때…… 어떻게 반응해야 할지 잘 모르겠다. 아무튼 저기, 범인 취급당한 경험이 없어서."

"괜찮아, 누구에게나 처음은 있어." 다자이는 싱긋 웃었다.

"그럼 서비스로, 일반적인 범인의 반응을 내가 집어넣어서 이야기를 진행해 주지. ……먼저, 범인 취급을 당한 란도 씨는 이렇게 반응해. '바보 같은 소리, 말도 안 된다.' 아니면 '꽤나 재미있는 농담이야, 다자이 군.' ──그러면 나는 이렇게 대답해. '하지만 틀림없어, 당신이 범인이야.' 다음으로 범인은 감정에 호소하며 반론을 시도하겠지. '아까 이야기를 안 들은 건가? 나는 모리 님께 커다란 은혜를 느끼고 있다. 그런 내가 왜 내란을 유발해 마피아를 무너뜨리려는 사악한 음모를 꾸민다는 거지?' ──란도 씨, 여기까지는 알겠어?"

"아니…… 실로 그 말대로라 전혀 참견할 데가 없군." 란도
는 난처한 듯이 말했다.

"확실히, 지금의 내 심정은 자네가 말한 대로다. 그래
서…… 자네는 그다음에 어떻게 반론할 거지?"

"나는 이렇게 말할 거야. '은혜는 상관없어, 란도 씨. 왜냐
하면 당신의 목적은 애초에 마피아를 공격하는 게 아니니
까. 범인의 목적은 따로 있었어.'——어때? 슬슬 대신할 수
있을 것 같아?"

"아아…… 음. 아직 조금 혼란스럽지만……."

란도는 머리를 긁었다.

"범인 취급을 받아서는 나도 곤란하다. 착실하게 반론을
해야…… 그렇지. 그럼 근거는 뭐지? 자네의 규탄은 전부 추
측일 뿐——."

"추측일 뿐, 내가 주모자라는 논리적인 근거를 동반하지
않았다." 다자이는 란도의 말의 뒷부분을 이었다.

"그 말대로야. 느낌 좋은데, 란도 씨. 자, 그럼 나는 증거도
없이 준간부에게 트집을 잡고 있는 걸까?"

"뭐…… 있는 거겠지, 근거가. 자네의 그 자신감으로 보건
대……."

란도가 난처한 얼굴로 말했다.

"자네 나름의 근거가. 나는 상상도 안 가지만……."

"그럼 빨리 듣고 싶겠지. 뜸들이면 미안하겠는걸." 다자이는 어깨를 움츠리고 말했다.

"당신은 실수를 저질렀어. 아주 초보적인 실수를. 말하면 분명 안타까워할 거야."

"그 실수란?"

"바다야."

다자이는 집게손가락을 세워 흔들면서 단언했다.

"당신은 말했어. 검은 불꽃의 《아라하바키》를 목격했을 때, 멀리 보이는 바다만이 잿빛 강철의 표면처럼 고요하고 잔잔했다고."

"아아…… 분명히 말했다. 실제로 목격했으니까. 그게 어쨌다는 거지……?"

"스스로 알아차리지 않아도 돼?"

"아니…… 뭐가 안 좋았는지 모르겠다. 말해 다오."

"알았어." 다자이는 웃는 얼굴로 끄덕였다. "알겠어? 현장은 스리바치 가의 중심지. 그리고 스리바치 가는 폭발 때문에 반구 형태로 파인 분지야. 다시 말해."

"아아!" 불쑥 란도가 외쳤다.

"아아…… 과연."

"그래." 다자이가 끄덕였다.

"보일 리가 없다는 말이야. 바다 따위는. 직경 2킬로미터쯤 되는 거대 분지 속에 있으면, 아무리 발돋움을 해도 바다 같은 건 시야에 들어오지 않아. ──자, 그걸 알아차렸으면 다음은 간단해. 왜 바다가 보였다고 말한 거지? 다른 증언은 완벽했고, 소문과 어긋나지도 않았어. 《아라하바키》의 묘사는 거짓말이라고는 생각할 수 없게 진실에 육박하는 설득력이 있었어. 내 생각에, 당신은 실제로 본 거야. 바다를 말이야. 그래서 착각했어. 자, 그 스리바치 가에서 바다가 보였던 건 훨씬 전이야. ……8년 전의 폭발 때보다 더 전이야. 다시 말해 란도 씨, 당신은 목격한 거지? 스리바치 가를 만들어낸 그 재앙을. 《아라하바키》라는 소문 그 자체가 태어나는 계기가 된, 검은 대폭발을."

란도는 대답하지 않았다.

다자이는 잠시 동안 말없이 란도를 바라보다, 작게 숨을 내쉬었다.

"《양》의 호사가들이 말했어. 《아라하바키》의 가장 오래된 소문은 8년 전의, 예의 스리바치 가를 만든 폭발이었다고. 아마 그 폭발을 기점으로 《아라하바키》라는 고대신의 소문을 수군대기 시작했을 거야. 멀리서 목격한 사람이 그 밖에도 있었겠지. 하지만 란도 씨, 당신은 그것을 바로 근처에서 목격했어. 보통이라면 증발할 정도로 가까이서 말이야. 그기억을 최대한 정확하게 말한 결과, 증언에 바다 같은 불순물이 섞인 거야. 그리고 왜 정확하게 증언해야만 했는가 하는 시점에서 보면 당신의 동기도 보여."

말없이 듣고 있던 란도는 포기한 듯이 한숨을 쉬었다.

"자네와 추야 군은 내기를 했었지." 란도는 말했다.

"그렇다면 내기는 자네의 승리인가. 더 빨리 범인이 있는 곳에 당도했으니."

"고마워, 란도 씨." 다자이는 미소 지었다.

"이걸로 그를 평생 개로 부려먹——."

무언가가 벽을 부수고 방으로 날아들었다.

그리고 횡방향의 충격이 란도의 몸을 쳐 날렸다.

"——다, 이 자식아!" 거친 외침소리가 들렸다.

"이걸로 그 음험한 놈과의 내기는 내 승리다! 범인은 이 자식이니까!"

란도는 벽을 부수고 건물 밖으로 튀어나가 땅 위를 굴렀다.

그 위에 작은 사람 그림자가 덮쳐든다.

다자이는 눈을 깜빡거렸다. "……와우."

"안됐지만 이걸로 체포다, 형씨." 득의양양하게 미소를 띠고 있는 사람은 물론 추야다.

"내 눈에서 도망칠 수는 없어. 당신이 거짓말을 했다는 것쯤, 나는 벌써 꿰뚫어보—— 우오오, 음험, 너! 왜 이런 곳에 있는 거냐?!"

"그건 내가 할 말이야, 꼬맹이 씨." 다자이는 지긋지긋하다는 얼굴로 말했다.

"말해 두겠는데, 내가 먼저 범인을 고발했거든? 지금 한창 범행 설명을 하던 중이었으니까."

"뭐라고? 도중이었다는 말은, 아직 안 끝났다는 소리잖아? 그럼 내 승리다. 나는 이렇게 범인을 때려잡았어. 다시 말해 내 승리다. 이긴 놈이 센 거야. 이 세상의 진리지."

"자네 같은 놈이 세상을 덜 익은 고기투성이로 만드는 거야." 다자이는 혐오감을 품은 표정으로 말했다.

"자네도 바다의 모순을 통해 란도 씨에게 도달한 건가?"

"바다?" 추야가 어리둥절해졌다. "무슨 소리야, 그게?"

"응? 그럼 도대체 어떻게 란도 씨가 범인이라는 걸 꿰뚫어 봤지?"

"그런 거야 이야기를 들으면 금방 알지. 지금까지 목격 증언은 선대 보스 할배를 봤다는 얘기뿐이었어. 그런데 이 형씨는 《아라하바키》 본체를 봤다고 말했어. 그런 일은 있을 수 없다고. 그래서 거짓말이란 걸 알았다."

추야에게 밟혀 땅에 굴러다니던 란도가 신음소리를 내며 입을 열었다.

"그럼 자네는…… 신 따위는 존재하지 않으니까 내가 범인이라고 생각했다, 고?"

"하하, 아니야. 반대다. 신은 실재하기 때문이야."

추야는 단언했다.

"나는 그걸 알고 있어. 그리고 당신이 스리바치 가에서 그 놈을 목격할 수 있을 리가 없지."

그 말을 듣고 란도의 기색이 바뀌었다.

추위에서 오는 떨림이, 멎은 것이다.

"《아라하바키》가 실재한다는 것을…… 알고 있는 건가?" 란도가 쥐어짜듯이 말했다.

"그래. 당신, 봤지? 8년 전의 그놈을. 그게 아니면 그렇게 정확하게 모습을 증언할 수 없으니까."

"그래…… 봤다." 란도는 몸을 일으키면서 말했다.

"본 것만이 아니다. 바로 근처에서 폭발을 받았다. 정말 뜻밖의 일이었지……. 나는 빈사의 중상을 입고 생사의 경계를 헤맸다. 충격과 불꽃 탓에 기억을 잃고 요코하마 거리를 유랑했다. 그리고 선대 보스의 눈에 들어 마피아에 가입했다……."

란도는 열띤 시선으로 추야를 보고 말했다.

"추야 군, 그렇다면 자네는 알고 있군. ──《아라하바키》가 지금, 어디 있는지."

추야는 대답하지 않고 그저 날카로운 눈으로 란도를 마주 보았다.

"가르쳐 다오."

"그야 궁금하겠지, 란도 씨."

다자이가 엷게 웃으며 란도를 보았다.

"왜냐하면, 란도 씨는 바로 그걸 알기 위해서 이번 소동을 일으켰으니까.《아라하바키》의 거짓말을 꿰뚫어볼 수 있는 건 진짜《아라하바키》를 아는 자뿐. 아라하바키를 정확하게 묘사한 이유는 자기 자신을 거대한 미끼로 삼아 진상을 아는 자를 낚으려고 했기 때문이지?"

추야는 잠시 동안 말없이 두 사람을 살펴보다가, 이윽고 고개를 저었다.

"대체…… 왜 그런 놈을 만나고 싶어 하지?" 추야는 말했다.

"그놈에게는 인격이나 의사 자체가 존재하지 않아. 그런 놈을 만나서 어쩌겠다는 거지? 신이라고 경배할 거냐? 그놈은 고대신, 다시 말해 단순한 힘의 덩어리다. 태풍이나 지진과 마찬가지야. 발전소의 연료를 경배하는 것과 큰 차이가 없다고."

"인격 따위는 문제가 아니다. 의사나 사고도 문제가 아니다." 란도는 엄숙한 어조로 말했다.

"거대한 파괴. 땅을 불사르고, 하늘을 물들이고, 대기를 뒤흔드는 이형(異形)의 존재. 이해가 닿지 않는 피안(彼岸)의 존재. 그 '힘'만으로도 내게는 충분하다. 가르쳐 다오, 추야군. 사람의 지혜를 넘어선 존재는—— 나를 불사른 자는, 지금 어디 있는가?"

추야는 곧바로 대답하지 않았다. 자신의 손바닥을 바라보

고, 뒤집어서 다시 바라보았다. 그렇게 고민의 시간을 쌓아 갔다. 그러나 이윽고 포기한 듯이 한숨을 내쉬었다.

"알았다. 그렇게까지 알고 싶다면 가르쳐 주지." 추야의 눈은 맑았다. 본 것 전부를 빨아들일 것처럼 투명했다.

"《아라하바키》는——."

숨을 들이마시고, 내쉬었다.

그리고 말했다.

"나야."

다자이가 한 걸음 물러섰다.

"뭐……라고?"

추야의 표정은 한없이 고요했다. 그 얼굴에는 아무런 암시도, 아무런 의도도 없었다. 그저 진실만을 말하는 얼굴이다.

"역시 그런가." 란도는 천천히 고개를 끄덕였다.

"어렴풋이 그렇지 않을까 생각하고 있었다."

"내 기억은 인생 중간에서부터밖에 존재하지 않아." 추야는 조용한 목소리로 말을 이었다.

"충격 때문에 일시적으로 기억을 잃은 당신하곤 달라. 인생 자체가 8년 전의 그날 이후밖에 존재하지 않는다는 말이다. 그 이전은 어둠이야. 검푸른 어둠에 떠 있었다. 어느 시설에 봉인되어 있었어. 《아라하바키》는 신이 아냐. 죽은 자를 되살리는 힘도 아니고. 나라는 인격이 어째서 존재하는지도 몰라. 알 수 있는 건 누군가의 손이 봉인을 깨뜨리고 나를 밖으로 끌어냈다는 거다. ——그 손은 당신이지, 란도?"

검푸른 어둠.

투명한 벽에 둘러싸인, 무겁고 고요한 어둠.

그리고 봉인을 깨뜨리는 힘센 누군가의 손.

"대답해 줘야겠어." 추야는 말했다.

"당신은 어디서 나를 발견했지? 왜 나를 데리고 나왔지? 그리고—— 어떻게 《아라하바키》의 완전체를 강림하게 했지? 그걸 알기 위해서 나는 이 사건을 쫓았다. 겨우 만났어. 자, 전부 실토해 주실까."

대답은 없었다.

란도가 고개를 숙이고, 표정을 감추고 떨고 있었다.

추위로 인한 떨림이 아니다—— 란도는 웃고 있었다.

"물론, 물론. 가르쳐 주고말고……. 자네에게는 알 자격이 있다." 란도는 낮고 울림이 좋은 목소리로 말했다.

"그러나 입으로 설명하는 것보다 보는 쪽이 빠르겠지. ……이것은 8년 전, 내가 자네에게 했던 일이다."

주위의 풍경이 바뀌었다.

공간이 반전되고 풍경이 떨어져 나갔다. 주위는 그때까지 있던 조선소 터가 아니라 전혀 다른 무언가가 되었다.

"란도 씨의 아공간 이능력······?" 다자이가 주위를 둘러보았다.

"하지만······ 이 정도로 대규모의 아공간 전송이 가능하다니, 한 번도 보고를······."

이능력으로 인한 아공간은 조선소 자체를 완전히 뒤덮을 정도로 광대하게 전개되어 있었다. 지붕보다 높이 전개된 아공간 자체가 심홍색으로 빛나며 일렁이고 있다.

"알다시피······ 나의 아공간은 통상 공간에서 동떨어진 이세계다." 란도가 말했다.

"내가 초대하지 않는 한 그 누구도 이 공간 속으로 들어올 수 없다."

"차원이 다르군." 다자이가 주위를 둘러보았다.

"이 정도의 출력이라면 준간부 수준을 가볍게 넘어. 간부급, 아니, 그 이상······. 이런 거대한 이능력을 지금까지 숨기고 있었던 건가? 조직의 누구에게도 들키지 않고······?"

"숨기고 있었던 것이 아니다. 바로 최근에 생각해 낸 거다. 나의······ 진정한 이름과 함께."

란도가 한 발 앞으로 나온다. 심홍의 공간 속에서도 그 색다른 기운이 전해져 온다.

"진정한 이름? 란도 씨, 당신은."

"내 이름은 란도가 아니다."

란도 주위의 공간이 흔들리더니 검은 불꽃이 나타났다. 꽃

잎처럼 란도를 둘러싸고 소리도 없이 불타오른다.

"란도라는 이름은, 가지고 있던 소지품의 스펠링을 본 동료가 붙여 준 것이다. ……그리고 진정한 이름을 생각해냈을 때 나는 결의했다. 이번 모략을. 신을 사칭해 악마를 사역하는 일을. 모든 것은 추야 군…… 자네를 찾아내고, 그리고 죽이기 위해서다."

갑자기 아공간의 중심이 터졌다.

고밀도의 공기가 파도가 되어 밀어닥치는 것을 충격파라 부른다. 그러나── 그것은 정확하게는 공기의 파도가 아니었다. 공간 그 자체의 파열, 그로 인해 생성된 진동파가 파도가 되어 추야를 집어삼켰다.

"크억?!"

세차게 내리쳐진 공간파가 추야의 몸을 가볍게 날려 버렸다. 수평으로 날아가는 추야의 몸이 조선소의 녹슨 쇠기둥을 꺾어 버리고 계속 날아가 콘크리트 벽에 내동댕이쳐진다.

"커……헉…….."

땅에 낙하한 추야는 일어서지도 못하고 그 자리에서 성대하게 피를 토했다.

"흠…… 지금 공격에 죽지 않은 건가. 완전한 《아라하바키》와는 거리가 멀다고는 하나, 강인한 육체라고 할 수 있군."

"아니……." 다자이는 아연히 추야를 볼 수밖에 없었다.

"왜 중력으로 방어하지 않았어?"

"하지 못한 거다. 공간 자체를 충격파로 내리치는 나의 공격은 어떤 물리 법칙의 영향도 받지 않는다." 란도가 말했다.

"이 아공간 내부는 나의 왕국이다. 고로 이 내부에서만…… 나의 이능력은 존재할 수 있다. 이렇게."

횡횡 바람이 울부짖는 소리가 났다.

"제길…… 이건 힘들겠어." 땅에 손을 짚은 추야가 입술의 피를 닦으며 말했다.

"그놈이 나왔다."

일그러져 빛나며, 심홍빛 안개가 낀 아공간 너머에서 그것이 모습을 드러냈다.

"그리운…… 그리운 얼굴이 있구나. 애송이, 애송이…… 무탈하느냐? 의사 선생에게 괴롭힘을 당하지는 않느냐?"

그것은 검은 옷을 걸치고 공중에 떠오른 노인이었다.

"여어…… 이거, 이거." 보통이 아닌 다자이도 웃는 얼굴이 굳었다.

"오랜만이네. 늘 앓던 요통은 어때? 안색도 좋은데. 죽어서 잘된 거 아냐? 보스, 아니—— 선대 보스."

마른 팔다리, 늙어서 깊게 파인 눈구멍. 혈관이 도드라진 뺨. 눈만이 왕년의 잔학함을 띠고 형형히 빛나고 있다.

밤의 폭군, 요코하마의 악역. 그 파괴의 의지는 인간의 영역을 넘어 저주라고까지 표현할 수 있었다.

포트 마피아의 악의 체현자.

"선대 보스는 죽었을 텐데. 뭘 한 거지, 란도 씨."

"그는…… 나의 이능력이다."

란도는 몸을 웅크리고 말했다.

"나의 이능력은 아공간 내에 사체를 거두어들여 이능력화하는 능력. 선대 보스의 무덤을 파냈다. 하기야 한 번에 사역할 수 있는 이능력 생명체는 한 명뿐이다만. 다시 말해…… 선대 보스는 지금, 내가 사역하는 이능력 생명체다."

다자이도 추야도 말문이 막혔다.

두 사람 다 이능력자는 몇 명이나 알고 있었다. 그러나 이 정도로 이단적인 능력, 괴기한 능력을 두 사람은 알지 못했다.

인간을 이능력화하는 능력.

"너무도 상식 밖이야." 다자이가 목소리를 쥐어짰다.

"란도 씨, 당신은 누구지?"

"과거의 나는, 적국의 정보를 빼돌리기 위해 선발된 유럽의 이능력 첩보원이었다." 란도는 고개를 숙인 채 말했다.

"그리고 8년 전, 임무를 위해 이 나라에 잠입했다. 그 목적은 이 나라에서 연구하고 있다는 미지의 고(高)에너지 생명체를 조사, 탈취하는 것."

"그게…… 《아라하바키》라는 건가." 다자이는 험악한 표정으로 말했다.

"그런데…… 유럽의 이능력 첩보원이라고? 그건 즉, 세계에서도 수십 명밖에 없는 최고위 이능력을 가진 '초월자' 급 이능력자라는 말이야. 란도 씨, 당신은 설마."

"다시 자기소개를 하지……." 란도는 존재하지 않는 모자를 잡아, 가슴 앞에 두고 절했다.

"내 이름은 랭보. 아르튀르 랭보. 능력명은 『일뤼미나시옹』. ……나의 목적은 추야 군, 자네를 죽이고 이능력으로 거두어들이는 것이다."

몇 줄기나 되는 폭렬이 쇄도했다.

추야는 붉게 응고된 공간파의 벽을 공중으로 뛰어 피했다. 건물 벽에 가로로 착지. 다시 재차 쇄도해 오는 공간파를 벽을 가로로 달리면서 피한다.

"쳇."

바로 직전까지 추야가 있던 벽이 종이 세공품이 찢어지듯이 잇달아 분쇄되었다.

쇠기둥마저 꺾어 버리는 강력한 공격. 한 번만 더 제대로 당하면 추야라 해도 두 번 다시 설 수 없으리라.

"아무리 자네라도 공간 자체에서 계속 도망칠 수는 없다."

벽을 차고 뛴 곳에도 충격파. 자신에게 걸리는 중력을 제어하는 추야라 해도 공중에서의 기동력은 지상일 때와 비교하면 대폭 떨어진다. 도망칠 수 없다.

공중에서 추야가 웃었다.

"하하. 이 정도로 몰아붙였다고 생각하냐?"

추야는 몸을 뒤집어—— 아무것도 없는 공중을 차고 충격 파를 피했다.

"무슨."

추야의 신발 바닥이 찬 것은 아주 작은 건물 파편이었다. 새끼손가락 끄트머리 크기밖에 안 되는 벽의 파편을 공중에서 차고 동시에 파편의 중력을 극대화하고 자신의 중력을 극 소화. 질량비를 역전시켜 큰 바위를 차고 뛰어오른 날다람 쥐처럼 발판이 없는 공중에서 민첩하게 방향을 전환한 것이 다.

공중의 추야를 연속 공간파가 덮친다. 그러나 추야는 공중 의 파편을 연속으로 차서 잇달아 충격을 피한다.

"전투 재능이 훌륭하구나……. 하지만 도망치기만 해서는 언젠가 궁지에 몰리게 된다, 소년."

아래쪽으로 피한 추야에게 다시 공간파가 덮쳐든다. 아공 간에 있는 한 공격에서 벗어날 방법은 없다. 질량을 지니지 않은 공간 자체의 공격이기 때문에 중력으로 빗나가게 할 수 도 없다. 실로 추야의 천적이라 할 수 있는 능력이었다.

그러나.

"건망증이 심하네, 아저씨."

충격파가 추야에게 쇄도——하기 직전에 안개처럼 산산이

흩어졌다.

추야가 방패를 들어 올려 충격파를 막은 것이다.

"잠깐, 옷 당기지 말아 줄래? 목깃 쪽이 아프다고!"

방패가 말했다.

"다자이 군……인가."

"이 자식은 이능력을 무효화하지."

추야가 다자이를 붙잡은 채 말했다.

"이 자식에게 닿지 않도록 아공간을 전개할 수는 있어도, 공격이 닿게 할 수는 없어. 유럽의 이능력 첩보원들이 들으면 어처구니없어할걸. 이런 놈의 무효화도 돌파할 수 없다니 말야."

"음…… 그 말대로다. 내 눈으로 보기에도 다자이 군의 존재는 이단…… 유럽에도 존재하지 않는 궁극의 반(反)이능력자. 하지만——."

란도가 손을 들어올렸다.

"추야 군! 나를 힘껏 뒤로 당겨!"

다자이가 추야를 향해 외친 것과, 은빛 섬광이 뻗어 나온 것은 거의 동시였다.

공간이 절단되었다.

은빛 섬광이 번뜩여 바로 직전까지 다자이의 목이 있었던 부분을 양단했다. 낫의 끄트머리가 다자이의 옷, 피부, 근육 일부를 할퀴고 피보라를 휘감은 채 빠져나간다.

"크억……." 다자이가 신음한다.

다자이를 잡아당겨 넘어뜨려서 공격을 피하게 한 추야가 놀람에 눈을 부릅떴다.

"말도 안 돼." 추야가 소리쳤다.

"이 자식에게 상처를 입힐 수 있을 리가——."

다자이를 찢은 은빛 섬광의 정체—— 그것은, 인간의 키만 한 긴 낫이었다.

그 낫의 자루를 쥔 노인이 흐릿한 웃음소리를 냈다.

"업보…… 실로 업보로구나. 이 손으로 애송이의 목을 날리는 날이 올 줄이야."

선대 보스가 쉰 목소리로 말했다.

"그 전에 추억 이야기라도 하고 싶다만…… 이 몸으로는 이룰 수 없는가."

"보스, 당신은 이미 인간이 아닙니다……." 란도가 엄숙하게 고했다.

"생전의 인격과 기억이 재현되도록 이능력에 식을 짜 넣었지만…… 당신은 어디까지나 나의 이능력. 그리고 당신의 사명은…… 추야 군이 사체가 되어 주는 동안, 다자이 군을 붙잡아 놓는 것입니다. 그 대형 낫으로요."

"안다, 알고말고. 이 혼은 이능력에 들러붙은 찢어진 종이. 이 몸은 내면도 자의식도 없는 자동인형이지……. 그러나, 그것이 신기하게도 조금 유쾌하구나."

선대 보스가 낫을 들어올린다.

검은 천을 온몸에 감은 보스가 공중에 떠오른다…… 서양의 오래된 사신처럼.

"난감하군."

가슴을 수평으로 가로지른 상처를 누르면서 다자이는 괴로운 듯이 말했다.

"저 대형 낫은 실물이야. 이능력이 아니라 어딘가에서 조달해 선대 보스에게 준 물건이란 말이지. 다시 말해——."

"너라도 찔리면 죽는다, 그 말이냐." 추야는 흘끗 다자이를 보았다.

다자이의 상처는 깊었다. 가슴 중심을 가로질러 위팔까지 찢어졌다. 상처 주위의 옷은 이미 피로 붉게 물들어 있다. 빨리 상처를 처치하지 않으면 목숨이 위험하다.

"쳇…… 진짜냐고." 추야가 얼굴을 일그러뜨렸다.

"사면초가잖아. 아무래도 이놈은 위험해."

질량이 없기 때문에 추야가 막을 수 없는 공간파 공격.

이능력이 아니기 때문에 다자이가 없앨 수 없는 대형 낫의 칼날.

다자이와 추야가 단 한 종류의 이능력에 완전히 봉쇄되어 있었다.

"다자이 군. 자네를 죽이는 건 바라는 바가 아니다……. 소년을 죽이다니 실로 가슴이 아프군." 란도는 음울한 목소리로 말했다.

"그러나 자네가 파악한 진상을 모리 님이 아시면 내게 자객을 보내겠지……. 나는 그들을 많이 죽이게 될 거다. 옛 동료를……. 그건 피하고 싶다. 자네의 목숨 하나만 빼앗는 것으로 그친다면 그리 나쁜 대가는 아니다. 미안하지만, 추야 군과 함께 죽어 다오."

란도는 미안한 듯이 말했다. 그 눈에는 마피아가 극히 당연하게 가지는 어둠── 인간의 목숨을 숫자로밖에 생각하지 않는 탁한 어둠이 떠올라 있었다.

과거에 란도라고 이름을 댔던 이능력자가 한 걸음 내디딘다. 그 몸이 검은 불꽃에 휩싸인다.

선대 보스가 공중에 높이 떠오른다. 은빛 대형 낫이 죽음을 두르고 빛난다.

"아…… 이건 안 되겠네." 다자이는 담담한 목소리로 말했다.

"포기하고 죽자."

"뭐어?"

다자이는 갑자기 땅에 주저앉았다.

추야는 놀라서 다자이를 보았다. 다자이는 극히 평범한 표정을 띠고 있었다. 아무런 숨김도 없는, 정말로 생각한 걸 말했을 뿐이라는 얼굴이다.

"뭐냐 그게. 잠꼬대냐?"

"아니, 불가능하잖아. 유럽의 이능력 첩보원이라고? 어떻게 이겨?"

"너 이 자식……."

말이 끝나기도 전에 횡방향의 충격파가 추야를 후려쳤다.

뛰어서 피하려 했지만 시간이 모자라, 추야는 좌반신에 제대로 충격파를 뒤집어썼다. 거대한 쇠구슬에 맞은 것처럼 수평으로 날아가 지면을 깎으며 구른다. 부서진 벽의 잔해에 처박힌다.

"다자이 군의 말대로다." 공간파를 발생시킨 란도가 손을 들어 올린 채로 말했다.

"추야 군, 자네도 포기해야 할 거다. 자네들의 이능력 특성은 완전히 파악했다. 맞서면 그만큼 더 괴로울 뿐이다."

"제, 길……."

추야는 벽의 잔해에 파묻힌 채 얼굴을 일그러뜨렸다. 입술 끝에서 핏방울이 떨어지고 있다.

"자네를 사체로 만들지 않는 한 나의 목적은 달성되지 않는다." 란도는 미안한 듯이 말했다.

"8년 전…… 자네를 빼앗아 탈출하려 했던 나는 실수를 저질러 적에게 둘러싸였다. 당시 내가 사역했던 이능력 생명체로는 그 포위를 돌파할 수 없었지. 그래서 자네를── 고대신인 《아라하바키》를 이능력으로서 거두어들이면 보다 강력한 이능력 생명체가 되는 것이 아닌가 하고 생각했다.

그래서 자네를 공격해 거두어들였지만…… 예상 밖의 일이 일어났다. 거두어들인 것은 안전장치였던 거다. 즉 자네다, 추야 군. 인간으로서의 인격인 자네는 《아라하바키》에 새겨진, 폭주를 막기 위한 부적 같은 것이었겠지. 내가 거두어들이려 함으로써 안전장치가 풀리고 《아라하바키》의 완전한 모습이 밖으로 강림했다. ──그다음은 내 저택에서 말한 대로다. 완전한 고대신이 강림하여 모든 것을 날려 버렸다."

란도가 한 걸음 내디딘다. 그 몸 주위가 불에 쬔 것처럼 붉게 흔들린다.

"같은 실수는 저지르지 않는다. 이번에는 자네의 머리를 날리고, 본체인 《아라하바키》를 완전히 절명시키고 나서 거두어들이겠다. ──나는 지금까지 자네들보다 더 강하고 숙달된 이능력자들도 격파해 왔다. 저항은 헛수고일 뿐이다."

란도는 조용하게 말했다. 그것은 위협도 허세도 아닌, 그저 사실을 있는 그대로 고했을 뿐인 얼굴이었다.

공간 자체가 진동하기 시작하더니 란도에게 집중되어 간다. 건물은 물론이고 대지마저 도려내 소멸시키고도 남을 정도의 힘이 해방되기를 기다리고 있었다.

"흠. ……란도 씨. 제안이 있어." 다자이가 상처를 누르면서 말했다.

"추야 군에게 포기하도록 설득할 테니까, 시간을 줘."

란도는 잠시 시선을 다자이에게 향하고 말없이 생각에 잠겼다.

"몇 분이지?"

"5분 필요해."

란도는 눈을 감았다. "2분이라면 상관없다."

"고마워."

다자이는 휘청거리는 발걸음으로 잔해 속의 추야가 있는 곳까지 갔다. 그리고 웅크리고 얼굴을 추야에게 가까이 가져갔다.

"다가오지 마라, 죽고 싶어 환장한 놈아. 나는 설득 따윈 안 당해."

"알아." 다자이는 란도에게 흘끗 시선을 주었다. 그리고 란도에게 들리지 않도록 작은 목소리로 속삭였다.

"저 녀석을 둘이서 쓰러뜨리자."

한순간 추야는 어안이 벙벙한 얼굴로 다자이를 보았다. 상대가 무슨 말을 하는지 모르겠다는 듯이.

"······진심이냐?"

"작전이 있어. 하지만 혼자서는 힘들어. 자네와 나의 연계가 필수야. ······나를 신용하겠나?"

추야는 잠시 동안 다자이를 똑바로 노려보았다. 그러고 나서 입을 열었다.

"마음이 바뀐 이유를 말해. 너, 죽고 싶은 거 아니었냐?"

"그냥······은 안 돼?" 다자이는 곤란한 듯이 미소 지었다.

"안 되지."

다자이는 미소 짓고는 끄덕였다. "그럼 말해 주지."

다자이는 란도를 보고, 아공간 전체를 바라보고, 그리고 여기서는 보이지 않는 머나먼 거리를 보고 나서 말했다.

"아주 조금── 마피아의 일에 흥미가 생겼어." 다자이는 말했다.

"바깥 세계, 빛의 세계에서 죽음은 일상에서 멀리 떨어뜨리고 은폐하는 게 보통이야. 불길한 것이기 때문이겠지. 하지만 마피아의 세계에서는 달라. 죽음은 일상의 연장선상에 있는 일부야. 그리고 나는 아마도 그쪽이 옳은 게 아닐까 생각해. 왜냐하면 '죽는다'는 '산다'의 반대가 아니라, '산다'에 포함된 기능 중 하나에 지나지 않기 때문이야. 숨을 쉬고, 식사를 하고, 사랑을 하고, 죽는다. 죽음을 바로 가까이에서 관찰하지 않으면 산다는 것의 전체상은 파악할 수 없어."

추야는 다자이의 표정을 빤히 보았다. 그 안쪽에 있는 인간적인 무언가를 탐색하듯이.

"그러니까, 너…… 살고 싶어졌다, 이거냐?"

"그렇게까지 말하지는 않았어." 다자이는 포기한 듯이 미소 지었다.

"아무것도 못 찾을지도 모르지. 하지만 시험해 보자고 생각한 거다. 이 일을 무사히 끝내고 마피아에 가입하겠어. 그를 쓰러뜨리고 나서 말이야. 게다가──."

"게다가?"

"자네를 개로 부려먹겠다는 약속을 아직 안 지켰어."

다자이는 미소 지었다.

추야는 그 얼굴을 보고 흥 하고 콧방귀를 뀌며 웃었다. "역시 최악이다, 네놈은. 네 작전이 실패해서 둘 다 죽는 얼간이 짓만 해 봐라. 죽여 버린다, 다자이."

다자이는 대답하듯이 웃었다. "좋겠지. 간다, 추야."

두 사람은 일어서서 나란히 란도 쪽으로 걸어갔다.

"설득은 끝났는가."

"그래." 다자이는 걸으면서 말했다.

"설득은 잘 끝났어. 추야가 나를 설득해서 말이지……. 지금은 안 죽기로 결정했어."

란도는 단 한순간 당황스러운 표정을 보였다. 그러고 나서 어쩔 수 없다는 듯이 웃었다.

"그런가." 란도는 말했다.

"모리 님이 들으시면 펄쩍 뛰며 기뻐할 말이로군. 원래라면 축복해야 할 상황이겠지만…… 최대한 괴롭지 않게 죽일수 있도록 노력하마."

"말 한번 잘하는군." 추야가 입술 끝으로 웃었다.

"당신, 내가 지금 어떤 기분인지 알아?"

"글쎄…… 상상도 안 간다."

"기쁘다. 오랜만에 이 두 손을 써서 싸울 수 있는 게 말이야!"

추야가 앞으로 뛰쳐나갔다.

추야의 눈앞에서 심홍의 공간파가 터졌다. 추야는 예상하고 있었다는 듯이 두 손으로 지면을 치고 반동을 이용해 하늘로 뛰었다.

"이 두 손, 네놈에게 내리칠 때까지 멈추지 않는다!"

추야는 도약할 때 주워 놓은 지면의 자갈을 두 손으로 뿌렸다.

그 작은 입자를 발판으로 공중을 번개처럼 질주한다. 위로 아래로, 오른쪽으로 왼쪽으로. 심홍의 충격파가 그 작은 체구를 좇지만 입체적으로 공중을 달리는 그 속도에 잔상을 부수는 것밖에 하지 못했다.

"하하하하—!"

웃음소리와 함께 추야가 공중을 차고 아래쪽으로 도약했다.

운석이 되어 쏟아지는 혼신의 발차기가 정확하게 란도의 심장을 노린다.

심홍의 충격이 공간을 꿰뚫었다.

"흡……!"

란도가 폐에서 호흡을 쥐어짠다. 두 팔을 들어 올리고 응축시킨 아공간을 방패처럼 전개해 발차기를 막고 있다. 엄청난 충격에 란도의 신발 밑창이 지면을 부수며 부채꼴로 균열이 간다.

"지금이다, 다자이!"

"아니……."

다자이가 란도의 눈앞까지 와 있었다.

추야의 눈에 띄는 공격에 숨어 그림자처럼 접근했던 것이다.

"직접 닿아서 이능력 발현 자체를 저지할 셈인가——!"

어떤 이능력도 다자이에게 닿을 수는 없다. 그리고 이능력자가 다자이의 몸의 일부에라도 닿으면 발동 중인 이능력 자체가 해제되고 만다. 즉 알몸이나 마찬가지다.

"……그러나."

다자이와 란도 사이에 검은 어둠이 나타났다.

불길한 검은 옷을 걸친, 사자(死者)의 모습이.

"어린애는 죽을 시간이다, 애송이." 선대 보스가 쉰 목소리로 고했다.

"……행동을 읽고 있었나."

은빛 낫이 죽음의 번쩍임을 두르고 떨어져 내린다.

그러나 다자이는 눈을 피하지 않는다. 한없이 차분한 표정으로 떨어져 내리는 칼날을 바라본다. 그것이 결코 자신을

찢을 일은 없을 거라, 알고 있기라도 한 것처럼.

그리고 실제로——칼날은 멈추었다.

다자이의 코앞에서.

"진짜 열 받는다, 음험한 자식."

공중에 있던 추야가 말했다.

"이렇게나 네놈의 예상대로 흘러가면 말이야!"

"음……."

선대 보스의 낫이 검은 무언가에 붙들려 있다.

그것은 추야의 라이더 재킷이었다. 공중에서 중력을 제어해 내던진 재킷이 낫의 뿌리 쪽을 후려쳤다.

그 무게로 재킷이 대형 낫을 쳐서 떨어뜨린다. 대형 낫이 맑은 소리를 내며 땅에 떨어지고, 재킷은 원래의 천의 무게로 돌아가 부드럽게 떨어졌다.

"으랴아아아아아!"

추야의 주먹이 선대 보스에게 내리꽂힌다. 그 공격 하나하나가 작열하며 빛나는 운석이나 마찬가지다. 잇달아 덮쳐드는 연속공격이 선대 보스의 몸을 사로잡고, 치고, 부숴 간다.

"으윽……."

인간이 아닌 선대 보스의 육체가 파괴되어 간다. 선대 보스는 열상에서 불꽃을 뿜으면서 밀려 후퇴한다.

"땅이랑 사이좋게 달라붙어 있으라고, 할배!"

추야가 선대 보스의 안면을 붙잡는다. 검은 중력의 파도가 접촉면에서 뿜어져 나왔다. 동시에 공중에 있던 선대 보스의 몸이 땅에 내동댕이쳐진다.

선대 보스를 중심으로 부채꼴의 균열이 지면을 갈랐다.

선대 보스가 땅에 쓰러졌는데도 추야는 중력을 늦추지 않는다. 최대 출력의 중력이 선대 보스의 몸을 지면에 파묻는다.

"사람이 아닌 이 몸마저…… 가라앉히느냐."

지면을 부수고, 온몸이 반쯤 땅에 가라앉으면서도 선대 보스는 희미하게 웃었다.

"원망스럽구나. 하지만 훌륭하다, 애송이."

"부하는 막았어." 추야가 외친다.

"지금이다, 해치워라, 다자이!"

"말 안 해도!"

다자이가 땅을 달린다. 주먹을 쳐들고 란도에게 덮쳐든다.

그 눈동자에 흐림은 없다. 쾌청한 하늘처럼 맑게 개어 있다.

그 눈동자는 아무나 얻을 수 있는 것이 아니다. 살아가겠다고 결의한 자만이 가지는 창공의 빛이다.

"우랴아아아아아!"

다자이의 주먹이 란도에게 내리꽂힌다.

──그 직전.

세계가 낙하했다.

"엇."

심홍의 빛이 세계를 완전히 뒤덮었다.

건물이 소멸하고, 지면이 소멸하고, 중력이 소멸했다. 세계의 온갖 것이 뒤섞이고 파편으로 변해 주위를 떠다니고 있었다.

"알고 있을 텐데…… 내가 아공간을 조종하는 이능력자라는 것을."

공중에서 목소리가 들렸다.

심홍의 세계 속에서, 인간이 아닌 그것이 말했다.

"공간을 조종한다는 것은 즉, 그것이 내포하는 만물을 조종한다는 뜻. ……다자이 군, 자네가 아무리 나의 천적이라 해도 서 있는 대지, 이동하는 거리 그 자체를 개편하면 주먹 따위는 닿지 않아."

란도가 공중에 떠 있었다.

외투를 펄럭이며, 주위에 무수한 잔해를 띄우고.

"이봐 이봐…… 진짜냐고." 추야가 그것을 올려다보고 말했다.

"반칙이잖아, 이런 규모의 이능력이라니……."

다자이도 멍하니 주위를 둘러보고 있었다. "이만한 공간을 자유자재로 조종할 수 있다면 마피아의 금고실에 들어가는 정도는 식은 죽 먹기였겠네."

아공간 결계의 내부는 이미 지구상의 어느 풍경과도 달랐다. 지면은 푹 패고, 건물은 무너지고, 모든 것이 심홍색 대기

속에 떠 있었다.

다자이와 추야는 거대한 잔해 조각에 달라붙듯이 서 있는 작은 개미일 뿐이었다.

"추야 군, 기억하고 있나? 일찍이 자네는 이 공간에 온 적이 있다."

외투를 펄럭이며 공중의 란도가 말했다.

"8년 전 그날…… 나는 탈취 임무를 위해 파트너 이능력자와 함께 이 땅에 잠입했다. 나와 파트너는 탈취 목표인 에너지 생명체가 군의 비밀 시설에 봉인되어 있다는 사실을 알아냈다……. 그러나 시설에서 자네를 탈취하고 탈출하려 했을 때 무언가가 일어났다. 좋지 않은 무언가. 그것이 무엇이었는지는 아직도 생각나지 않는다……. 기억하고 있는 것은 그 무언가 탓에 적에게 발견되어 막다른 곳에 몰려, 《아라하바키》를 이능력으로서 거두어들일 수밖에 없었다는 것뿐이다."

란도의 주위를 파편이 날아다닌다. 소리 없는 소리가 대기를 가득 채우고, 보이지 않는 무언가가 공간에 사납게 울부짖는다.

"란도 씨." 다자이가 말했다.

"《아라하바키》는…… 추야는 도대체 뭐지?"

"나도 모른다. 추야 군을 데리고 돌아가 그것을 해명하는 일도 나의 임무 중 하나였지만…… 추야 군을 보관, 격리하고 있었던 비밀 시설은 폭발로 기록째 날아갔다……. 진상을 아는 자는 지금은 아무도 없다. 그러나 추야 군을 이능력화하여 거두어들이면 그의 안에 있는 기억을 재구축할 수 있다. 그렇게 하면 모든 것을 알게 되겠지. 그때, 내 친구에게 무슨 일이 있었는지도."

"친구라고……?"

심홍의 세계를 올려다보며 추야가 중얼거렸다.

"그래. 함께 잠입 임무를 수행한 파트너 첩보원은 나의 절친한 친구이기도 했다. 수많은 위기를 뛰어넘은 파트너이자 이능력자, 이름은 폴 베를렌……. 그는 어디로 사라졌나? 폭발로 죽은 것인가, 아니면 어딘가에 살아 있는가? 그것만을 생각해낼 수가 없다. 그래서 자네의 기억이 필요한 거다, 추야 군. 그러나 자네를 산 채로 거두어들이면 8년 전의 일이 되풀이된다. 고로 이번에는 죽어 줘야겠다. 그리고 사체를 이능력화하여 친구의 현재를 알아내는 거다. 잃어버린 8년을 메우기 위해. 그를 구하기 위해."

"과연……. 모든 것은 그 파트너를 위해서인가." 다자이가 힘없이 말했다.

"마피아를 배신한 것도, 선대 보스가 부활했다는 소문도, 이 싸움도……. 다소 믿기 힘든 이야기이긴 하지만."

"네놈은 모르겠지, 음험한 자식아." 추야가 란도를 올려다본 채로 말했다.

"동료를 위해서 모든 것을 내던진다. 목숨을 걸 이유로는 지극히 제대로 된 부류라고. ……그런 동기라면, 상대로 부족함이 없군."

추야는 양손에 이능력을 집중시켰다. 주먹의 질량이 증대되어 주위의 대기가 떨린다.

"이봐, 형씨. 왜 내가 손을 쓰지 않고 싸우고 있었는지 가르쳐 줄까?"

추야는 적에게 걸어가며 말했다. 그 발밑에서 무수한 작은 돌이 떨리더니 떠오른다.

"나는 싸움에서 진 적이 없어. 위험할 것 같다고 생각한 적도 없어. ……당연하지. 나는 인간이 아니니까 말이야. 나라는 인격은 당신이 말하는 안전장치……. 용광로 같은 거대한 힘의 덩어리, 그 가장자리에 눌어붙어 있는 무늬에 지나지 않아. 있잖아…… 그런 놈이 어떤 기분인지, 당신은 알 수 있겠어?"

추야가 아무것도 없는 공중에 발을 내디뎠다.

공중의 희미한 먼지를 포착해, 추야의 발이 허공을 디딘다. 다른 한쪽 발로 다음 허공을 디딘다. 그렇게, 보이지 않는 계단을 오르듯이 추야는 란도를 향해 걸어간다.

"그래서 양손을 봉인했다. 그렇게 하면 언젠가 질 것 같은 때가 온다. 싸움을 즐기는 게 아니라, 필사적으로 자신을 지켜야 할 때가 온다. ……그렇게 하면 조금은 애착이 생길까 싶었던 거야. 무늬에 지나지 않는 나에게, 이 몸의 주인이 아닌 나라는 인간에게 말야."

추야가 공중을 차고 뛰었다.

붉은 밤을 찢는 맹금이 되어 추야가 비상한다.

그 정면에서 공간파가 파도가 되어 가로막는다. 건물을 설탕과자처럼 깨부수는 위력을 가진 공간파를—— 추야는 피하지 않고 정면에서 파고들었다.

"아니!"

"으랴아아아!"

옷과 살점이 터지는 소리를 퍼뜨리면서, 추야가 공간파를 뚫었다. 전신에 찢어진 상처가 생기고 무수한 곳에서 피가 흐르지만, 그 속도는 떨어지지 않았다.

"자신의 옷과 피부를 고중력화해서 밀도를 늘려, 충격을 받아낸 건가……!"

출혈이 꼬리를 끌며 뒤쪽으로 흐르고 온몸의 뼈가 비명을 지른다. 그러나 추야의 입가에는 처절한 웃음.

횡방향의 중력으로 더욱 자신을 가속시켜, 살아 있는 포탄이 되어 란도에게 급진하는 추야. 비상하는 살의가 된 추야를 막는 벽은 존재하지 않는다. 공간파의 벽은 늦는다. 선대 보스를 대역으로 삼아 방어해도 늦는다.

추야의 주먹이 란도의 복부에 깊게 꽂혔다.

란도의 몸이 기역자로 꺾인다.

추야는 더욱 가속하여 살아 있는 하나의 폭풍이 되었다. 대기를 찢는 라이트 훅. 반동을 이용한 왼발 돌려차기. 휘두른 오른다리를 축으로 한 우레 같은 왼발 내려치기. 중력으로 뒤꿈치를 고정하고 상대의 턱에 꽂아 넣는 오른 무릎차기.

주먹, 발차기, 주먹, 주먹, 주먹, 발차기, 주먹. 모든 방향에서 무한히 덮쳐드는 압축기 같은 연속공격. 심지어 타격은 전부 란도의 급소를 정확하게 노리고 있다. 영원히 쏟아져 내리는 주먹과 발차기의 폭풍. 그 일격이 다음 일격의 준비동작이며, 공격이 다음 공격을 가속시킨다. 누구도 막을 수 없다.

가슴팍을 찌르는 앞차기—— 그 충격을 이용해 추야가 세로로 회전, 바퀴처럼 공중에 잔상을 그리며 혼신의 내려차기를 내뿜었다. 충격이 공간을 타고 나가 일대를 진동시킨다.

란도는 낙법도 취하지 못하고 지면에 격돌했다. 흙먼지가 피어오른다.

"……굉장해……."

지상에서 바라보던 다자이가 멍하니 중얼거렸다.

흙먼지가 휘날리는 지면에 추야가 착지했다. 그대로 무릎을 꿇는다. 전격적인 연속공격을 전력으로 펼친 탓에 상당히 숨이 거칠어져 있었다. 손을 땅에 짚고 체중을 받친다.

흙먼지가 개었다.

시선을 든 추야의 표정이 얼어붙었다.

"훌륭하다."

란도가 흙먼지 너머에 서 있었다. 그만큼의 공격을 받고도 그 모습에는 상처 하나 없고, 표정에는 고통의 편린조차 없었다.

"추야 군, 자네의 무력과 기량은 이미 《아라하바키》와는 다른 종류의 강함을 획득했다. 자네는 신으로서가 아니라 인간으로서 강하다."

"그거…… 고맙군." 추야는 거칠게 숨을 몰아쉬면서 말했다.

"그런데, 그만큼 맞고서도 멀쩡하다니…… 아무래도 기운 빠지네."

"어쩔 수 없는 일이다. 여기는 나의 공간인 터라." 란도는 손을 들어 올려 피부를 보였다.

"나의 피부를 덮도록 아공간에 얇은 단절막을 펴 놓았다. 모든 물리적 충격은 이 막을 넘지 못한다."

"하…… 유럽의 이능력자는 뭐든지 할 수 있군……."

숨을 헐떡이며 말하는 추야에게 그림자가 드리운다. 머리 위에는 검은 옷. 선대 보스의 송장 같은 얼굴.

머리를 노리고 내리쳐지는 은광.

"쳇."

추야는 곧바로 일어날 수가 없다. 힘을 너무 많이 썼다. 방어하기 위해 팔을 들어 올리고 날이 닿는 순간을 노려 중력을 준비한다── 그러나, 아공간이 그 중력장 자체를 갈라 틈새를 만들었다.

그 틈새에 낫의 끝부분이 정확하게 꽂혔다.

"크악……!"

추야의 왼손, 손목 바로 아래를 낫이 길게 관통했다. 예리한 칼날이 반대쪽으로 튀어나와 끝부분이 지면에 꽂힌다.

추야는 해체되기 전의 실험동물처럼 지면에 낫으로 못 박혔다.

"그 상처로는 이제 빠르게 움직일 수 없다." 란도가 추야를 내려다보며 말했다.

"따라서 다음 충격파를 피하기도 불가능하다."

상공에서 거대한 바위를 내리치는 듯한 충격파가 추야를 쳐서 뭉갰다.

"추야!"

다자이가 지원하기 위해 달려가려 해도 거리가 너무 떨어져 있다. 떠 있는 잔해를 발판으로 삼아 달려가도 10초는 걸릴 거다.

"하나 더."

다시 충격파. 주위의 지면에 균열이 퍼지고 흙덩어리가 공중에 떠오른다.

"하나 더."

다시 충격파. 이번에는 땅속에서 위로 올려치는 충격이다. 대지가 터져 공중에서 산산이 흩어진다.

"다음은 연속으로 간다."

내리친다. 쳐 올린다. 무수한 충격파가 연속으로 동시에 다방면에서 추야를 덮친다. 피하기는커녕 방어 자세를 취할 수조차 없다. 모든 방향에서 고속의 자동차에 치이고 있는 거나 마찬가지다. 충격에는 이음매도 없고 끝도 없다.

심홍의 충격파가 마침내 정지했다.

추야는 온몸이 너덜너덜하게 으깨져서 엎드려 쓰러져 있었다. 전혀 움직이지 않는다.

추야의 바로 옆에 굴러다니던 녹슨 드럼통은 되풀이된 충격의 여파로 짓눌려 얇은 판 한 장이 되어 있었다.

"이만큼 충격을 받으면 전차도 납작해지지." 란도는 조용히 말했다.

"부서진 뼈와 내장은 나중에 이능력으로 재생해 주마."

추야를 향해 란도가 엄숙하게 손을 뻗는다. 손끝에 이능력의 빛이 켜진다.

추야를 이능력으로서 거두어들이려 하는 것이다.

"걱정하지 않아도 된다. 이능력이 되면 자네의 영혼과 인격은 그저 표층적인 정보가 되지만⋯⋯ 그것은 아마도 지금과 똑같을 거다."

추야의 온몸을 이능력의 빛이 감싼다.

그러나.

"그거 고맙군."

추야가 날쌔게 일어나── 팔에 꽂힌 낫으로 란도의 가슴을 깊이 꿰뚫었다.

"아……니……?"

추야는 살아 있었다. 어마어마한 타박상과 열상을 입었고 뼈가 몇 개는 부러졌다. 그러나 죽지는 않았다.

추야가 팔의 대형 낫을 더욱 세게 누른다. 칼날이 가슴팍을 관통하여 피가 분출했다.

"말……도 안……."

"나도 열 받는다고."

추야가 상처투성이가 된 얼굴을 일그러뜨리며 말했다.

"결국 마지막까지 전부, 저 음험한 자식의 계획대로라니."

떨어진 지점에 다자이가 서 있었다.

"미안해, 란도 씨."

다자이는 왼손으로 천을 쥐고 있다.

그것은── 추야를 속이기 위해 다자이가 방을 꾸미고 있을 때의 긴 장식용 천이었다.

그 장식용 천은 길게 땅에 끌리며, 떠 있는 파편의 그림자에 교묘하게 숨어서 뻗어 있었다. 그리고 그 끝부분은 추야의 옷 속으로 사라져 있었다.

"란도 씨가 주위 건물을 무너뜨렸을 때 이 장식용 천을 주우라고 추야에게 지시해 두었어."

다자이는 소년의 미소를 지었다.

"그 천을 내가 이능력으로 나 자신에게 연결해 두었던 거다."

추야가 낫을 찌른 모습 그대로 말했다.

"옷 밑에 감춰지도록, 온몸에 감아서 말이지."

"그리고 그 한쪽 끝을 내가 만지면." 다자이가 자기가 든 천을 들어 올린다.

"그럼 어떻게 되지?"

"자네가 만진 천은…… 이능력이 무효화된다." 란도는 괴로운 듯이 말했다.

"즉…… 아공간 충격파를 단절하는 '갑옷' 으로서 기능했다는 건가……."

"그런 거다."

추야가 낫을 뽑았다.

상처에서 어마어마한 혈액이 넘쳐흐른다.

주위를 부유하고 있던 잔해와 돌멩이가 힘을 잃고 와르르 땅에 떨어졌다.

"이, 무슨…… 무시무시한, 아이들……."

기도에 침입한 혈액이 란도의 입에서 흘러넘쳐 쏟아진다. 자신의 피 웅덩이에 떨어져 섞이며 철벅 소리를 냈다.

명백하게—— 치명상이었다.

옛날.

어느 곳에, 두 첩보원이 있었다.

두 사람은 동료이자, 파트너이자, 친구였다——누구보다도 신뢰할 수 있는, 형제나 다름없는 사이였다.

적어도 한쪽은 그렇게 생각했다.

두 사람은 어떤 사지(死地)에서도 결코 기가 꺾이지 않았다. 그것은 애국심 때문이 아니었다. 명예 때문이 아니었다. 서로가 있다면 아무것도 두려워할 필요가 없다는 걸 알고 있었기에. 파트너를 지키기 위해서 공포나 주저는 필요 없는 것이라고 믿고 있었기에.

적어도 한쪽은 그렇게 생각했다.

어느 날, 두 사람에게 임무가 내려왔다. 적국에 잠입해 강대한 병기를 빼앗아 오는 일.

위험한 임무다. 원호도 없고, 후방지원도 없고, 내부 협력자도 없다. 그럼에도 두 사람은 임무를 받아들였다. 그리고 잠입한 적 시설에서—— '그것' 을 발견했다. 너무나도 이상한 그것을.

이것을 적국에 놓아둘 수는 없다. 조국에 가지고 돌아가 연구자들의 손에 넘겨야만 한다. 이런 것을 남겨 두었다가는 더 큰 싸움의 불씨로 발전할 것이다. 어떻게 해서든 가지고 돌아가야 한다.

　　──적어도, 한쪽은 그렇게 생각했다.

아공간이 사라지고, 원래의 파란 하늘이 펼쳐져 있었다.

천장이 부서져 폐허처럼 된 조선소 터에 란도가 힘없이 쓰러져 있었다.

"그런가…… 폴, 그런가……. 자네는……."

"뭔가 남길 말은 있어, 란도 씨?" 다자이가 조용한 말투로 물었다.

"혹시 남은 미련이 있다면, 우리가 할 수 있는 범위에서──."

"아니…… 없다……."

란도가 힘없는 눈동자로 말했다. 빛이 꺼지려 하고 있다.

"조금 전…… 추야 군의 이능력을 받았을 때…… 생각해냈다, 친구의…… 폴의 최후를."

란도는 두 손을 짚었다. 그래도 체중을 받치지 못하고 자신이 만들어낸 피 웅덩이 속에 잠긴다.

"배신, 한 거다……. 그는, 마지막 순간에……." 란도의 눈동자 속에서 생명의 불꽃이 꺼질 듯이 깜빡인다.

"탈출 중에, 그는…… 나와 조국을, 배신했다. 그리고 나를 죽이려고, 뒤에서……. 가까스로 피한 나와 폴은 사투를 펼쳤고, 그리고 나는 그를…… 친구를, 이 손으로……."

"그런가." 다자이가 발밑으로 떨어질 듯 작은 목소리로 말했다.

"이능력 첩보원끼리 싸우면 당연히 주위도 무사히 끝나지는 않아. 소동이 벌어지지. 그것을 군이 감지해서 부대에 포위된 건가. 그래서 고육지책으로 《아라하바키》를 거두어들일 수밖에 없었다……."

란도는 피에 잠겨 가며 위쪽으로 몸을 돌렸다. 그리고 맑은 눈동자로 추야를 보았다.

"추야, 군……. 한 가지, 괜찮겠나……?"

"뭐야."

"살아라."

속삭이는 듯한 목소리로 란도는 말했다.

"자네가 누구고, 어디서 왔는지…… 알 방법은 이미 없다." 그르렁거림에 가까운 목소리로 란도는 말했다.

"하지만 자네가…… 힘의 표층의 무늬에 지나지 않는다 해도…… 자네는 자네다. 아무것도, 바뀌지 않아……. 모든 인간, 모든 인생은…… 뇌와 육체, 그것들을 포함하는 물질세계의 무늬에…… 아름다운 무늬에, 지나지 않으니까……."

추야도 다자이도 말없이 그 말을 듣고 있었다.

두 사람 다 그 말에서 묵직한 무언가, 결코 놓쳐서는 안 되는 무언가를 헤아리고 있었다.

"신기하군……. 하나도, 춥지 않아……." 란도는 작게 미소 지었다.

"그렇게 추웠던, 세계가……. 폴, 자네도………… 이 따스함을…… 마지막에…… 느끼……………………."

란도의 손이 피 속에 떨어졌다.

핏방울이 튀어 소리를 내고, 이윽고 다시 고요해졌다.

심홍의 아공간이 조용히 사라지고, 원래의 파란 하늘이 머리 위에 펼쳐졌다.

그러나 원래대로 돌아가지 않는 것도 있었다. 이제 추위를 느끼지 않는 남자의 몸. 그리고 그 몸을 바라보며 가만히 서 있는 두 소년의 마음.

한 줄기 바람이, 그들의 영혼을 바라보며 흐르고, 빠져나갔다.

Phase.05

그로부터 한 달이 흘렀다.

낮과 밤이 되풀이되고, 거리에서는 비극과 희극이 되풀이되었다. '아라하바키 사건'이라는 이름이 붙은 일련의 파괴 소동은 란도의 단독범행으로 처리되었다. 마피아를 배신한 란도의 집은 불태워지고, 소지품은 바다에 버려졌다. 일반적으로는 마피아의 절차대로 배신자에게는 친족에까지 달하는 제재가 기다리고 있었지만, 란도에게 가족이나 친척이라 부를 사람은 존재하지 않았다.

유체는 1주일간 길바닥에 방치된 뒤, 허름한 공동묘지에 매장되었다.

공동묘지에, 바다에서 짙은 소금바람이 불어온다.

인가에서 떨어진 쓸쓸한 묘지. 절벽으로 밀려나듯이 늘어선 묘비명 없는 무표정한 묘석 무리. 절벽 바로 앞은 바다로, 강한 바닷바람에 노출된 묘석은 모두 구슬프게 기울어져 있다.

그 묘석 하나에 한 소년이 구부정한 자세로 앉아 있었다.

"진짜, 죽은 뒤에까지 민폐 끼치는 아저씨라니까." 추야가 언짢은 얼굴로 혼잣말을 했다.

"당신이 생전에 모았던 기록은 전부 마피아가 내다 버렸어. 덕분에 조사가 꽤 힘들더라. 8년 전에 당신이 잠입한 군의 시설이란 게 뭐였는지, 《아라하바키》는 왜 거기 있었는지, 이걸로 실마리가 없어져 버렸어."

추야의 시선 끝에는 하얀 새 묘비가 있다. 어디선가 낡은 돌을 조달해 왔는지 여기저기 깎이고 부서져 있다.

묘석 뿌리 부분에 작은 민들레 한 송이가 덧없이 피어 흔들리고 있었다.

"뭐, 만약 당신이 살아 있었어도 그 이야기는 아무한테도 안 했겠지만……."

추야는 하반신으로 반동을 주어 앉아 있던 묘석에서 내려왔다. 재킷에 양손을 찔러 넣고, 란도의 묘석에 등을 돌리고 걸어간다.

"그럼. 또 올게."

절벽에 면한 샛길을 걸어가는 추야의 눈앞을 소년의 모습이 가로막았다.

"여기 있었냐. 찾았어, 추야."

"시라세……."

은발 소년이었다. 게임 센터에서 추야를 찾던 《양》의 3인조 중 한 명이다.

"나한테 무슨 할 말이라도 있어?" 추야가 물었다.

"너한테 사과하려고." 은발 소년이 어깨를 움츠렸다.

"저번에 말싸움을 했잖아? 게임 센터에서. 그 뒤에 나도 반성했어. 네가 하고 싶어 하는 일을 우리 사정 때문에 방해하면 안 된다고. 그때 너는 어떻게든 범인을 잡고 싶었던 거지? 그런데 우리는 《양》의 보복 작전을 우선하라고 말해 버렸잖아……. 네가 옳았어. 너한테만 의지하고 다른 방법을 만들어내지 못한 우리 잘못이야."

추야는 의외라는 듯한 얼굴로 동료의 말을 듣고 있었다.

은발 소년이 말을 잇는다.

"이번 일로 잘 알았어. 《양》의 문제가 어디 있는지 말이야." 소년은 작게 웃고는 말했다.

"그래서 모두 함께 의논해서 해결할 방법을 정했어. 들어줄래?"

추야는 당황 섞인 목소리로 "그러냐."고 말하고, 걷기 시작했다.

"뭐, 너희가 결정했다면 듣겠어." 추야는 작게 숨을 내쉬고 소년 옆을 걸어서 지나갔다.

"나도 이번 사건으로 좀 지쳤어. 휴가가 늘어나는 건 나한테도 좋은 일이거든. ……걸으면서 이야기하자고. 어떤 방법인데?"

추야는 소년 옆을 지나간 뒤 절벽에 면한 길을 느릿느릿 걷기 시작했다.

바다에서 바람이 한층 세게 불어 묘지의 잡초를 살랑살랑 흔들었다.

무언가가 추야의 등에 세게 부딪쳐 퍽 하는 소리를 냈다.

추야가 앞으로 고꾸라졌다.

"이게 해결방법이야."

추야가 천천히 돌아보았다. 등에 은발 소년이 몸을 밀어붙이고 있다.

"……너……."

소년이 몸을 뗌과 동시에—— 추야가 자세를 무너뜨리고 쓰러졌다.

그 등에 새것 같은 단도가 꽂혀 있었다.

단도가 깊게 꽂힌 부분에서 선혈이 질척질척하게 스며 나온다.

"완전히 방심하고 있을 때 시야 바깥에서 공격한다. 그렇게 하면 중력을 쓸 틈도 없지."

은발 소년이 얼굴에 잘라 붙인 듯한 웃음을 띠고 말했다.

"그렇지, 추야? 잘 알고 있어. 오래 본 사이이니까."

"무슨…… 생각이냐……."

추야가 괴로운 듯이 신음하며 일어나려고 했다. 그러나 손발이 떨려서 힘이 들어가지 않는다.

"너무 움직이지 않는 게 좋을 거야. 쥐약을 발라놨거든."

은발 소년의 웃음이 깊어진다.

"당분간은 손발이 저려서 평소처럼 움직이지는 못할 거야. 가엾게도, 네가 지금처럼 강하지 않았다면 이런 지독한 꼴을 안 당하고 끝났을 텐데."

"무슨, 소리야……?"

추야가 등의 상처를 감싸면서 간신히 몸을 돌려 소년을 노려본다.

"이거야."

은발 소년이 손가락을 흔든다. 동시에 무수한 병사가 묘지 너머에서 나타나 추야에게 소총을 겨누었다.

"이놈들은…… 《GSS》의, 병사들……."

완전무장한 용병이 벼랑 가장자리에 쓰러진 추야를 반원형으로 포위하고 있었다.

"이게 우리의 결정이야. ……《양》은 《GSS》와 손을 잡는다."

소년이 말하자, 병사들 사이를 누비며 총으로 무장한 소년들이 나타났다. 모두 하나같이 냉혹한 표정으로 추야에게 총구를 향하고 있다.

"네 탓이야, 추야." 은발 소년이 웃는 얼굴인 채로 추야를 노려보았다.

"다들 이번 사건으로 깨달았어. '만약 다음에 추야가 정말로 마피아에 들어가려고 마음먹으면 어쩌지?'라고. 누구나 쉽게 상상할 수 있었어. 만약 그렇게 되면 지금의 《양》에겐 어찌할 방법이 없어. 몰살당하겠지. 왜냐하면 우리는 추야의 엄청난 능력에만 의지하고 있었으니까. 수십 명이나 되는 동료들의 목숨이 누군가 단 한 명의 기분에 좌우될 수는 없어. 이런 걸 '취약성'이라고 하는 거야. 작은 구멍에서 스며든 홍수가 요새를 무너뜨리는 것 같은, 조직의 취약성. ……어려운 말인데, 추야가 알 수 있을까?"

"이 자식……. 내가, 동료를, 배신할 리가……."

추야가 창백한 얼굴로 으르렁거렸다. 그 얼굴에는 땀이 송골송골 맺혀 있다. 독이 퍼진 것이다.

"그 점에서 《GSS》는 기분으로 태도를 바꾸지는 않아. 이익이 있는 한 신뢰할 수 있어. 포트 마피아라는 강대한 적에게 맞서려면 이러는 편이 훨씬 현명한 방법이야."

추야가 거칠게 숨을 헐떡이면서 주위를 보았다. 《GSS》에 섞여 총을 겨누고 있는 소년들이 보였다. 바로 몇 분 전까지 동료라고 생각했던 소년들이 지금은 무시무시한 짐승을 보는 듯한 눈초리로 추야를 노려보고 있다.

"그, 러냐……." 추야는 괴로운 듯이 숨을 몰아쉬면서 말했다.

"내가 했던, 일들은…… 전부, 민폐였다는…… 건가……."

"네겐 감사하고 있어, 추야."

은발 소년이 허리에 꽂아 놓았던 권총을 뽑아 추야를 겨누었다.

"《양》은 친인척이 없는 너를 받아들였어. 하지만 그 은혜는 충분히 돌려받았어. 그러니까 추야…… 이제 쉬어라. 죽어서 《양》에 최후의 공헌을 한 뒤에."

은발 소년이 병사들에게 턱으로 신호를 보냈다. "죽여."

무수한 총구가 일제히 불을 뿜었다.

처음에 명중한 총알을 추야는 이능력으로 정지시켰다. 그러나 수가 너무 많다. 《양》은 추야를 죽이는 데 총알이 어느 정도나 필요한지 파악하고 있었다. 소나기처럼 쏟아지는 탄환이 추야에게 쇄도한다.

추야는 잘 움직이지 않는 팔다리로 땅을 굴러 총알을 피했다. 잡초가 돋은 대지에 총알이 박혀 무수한 구멍을 뚫는다.

포위에서 멀어지도록 굴러간 다음 추야는 자신의 발바닥에 높은 중력을 걸었다. 몸이 지면에 파고든다. 대지에 금이 가더니 곧바로 퍼진다. 총알에 상처가 난 지면은 그 변형에 버티지 못했다.

절벽 가장자리를 깎아내듯이 대지가 부서졌다.

대량의 토사와 함께 추야가 절벽 밑으로 떨어진다.

절벽 아래는 거친 파도가 부서지는 바다다.

"절벽 밑으로 도망쳤다!" 은발 소년이 소리친다.

"독으로 이능력이 약해졌다 해도, 이 정도 높이로는 안 죽어! 서둘러 쫓아라! 확실하게 죽이는 거다!"

 하얀 파도가 부서져, 절벽 밑의 바윗덩어리를 씻어낸다.
 절벽 밑의 길 아닌 길을 추야가 휘청거리는 발걸음으로 오
르고 있었다.
 "제, 길……." 추야가 두 손을 젖은 바위에 대면서 말했다.
 "상처가, 깊어……."
 추야는 등의 상처에 의식을 집중시켰다. 찔린 채로 있던 단
도에 약한 중력이 발생해 천천히 몸에서 빠져 바다로 떨어졌
다.
 독이 퍼져서 이능력도 신체능력도 급격히 약해져 있었다.
 무적의 추야를 어떻게 하면 죽일 수 있는지 《양》은 잘 알고
있었다.
 당연하다. 란도와는 달리 추야는 《양》에는 자신의 수법을
숨기려 하지 않았다. 숨길 리가 없었다. 그들은 동료니까.
 절벽 위에서 병사가 뭔가 소리치면서 뛰어다니고 있다. 절
벽 밑에 산발적으로 총을 쏘는 소리도 들린다. 머지않아 병
사들은 추야를 포위할 것이다. 《양》의 은신처, 무기를 숨긴
장소, 범죄 기록…… 온갖 약점을 알고 있는 추야를 산 채로
놓아줄 리가 없다.
 추야의 입가에는 무의식중에 미소가 떠올라 있었다.

"뭐가, 리더, 냐⋯⋯." 물보라를 뒤집어쓰면서 추야가 입 속으로 말했다.

"내가 제일, 조직을 못 쓰게, 만들고 있었잖아⋯⋯."

바위를 붙잡고 몸을 들어 올린다. 드문드문하게 나무들이 우거진 경사면으로 나왔다. 젖은 몸을 질질 끌며 나무 사이를 걸어간다.

불현듯――앞쪽에 그림자가 드리웠다.

덩치 작은 사람 그림자. 따라잡힌 건가 싶어 추야는 날카로운 얼굴을 했지만, 아니었다.

"여어, 추야. 힘들어 보이네. 도와줄까?"

다자이였다.

"다자이⋯⋯. 왜, 여기에⋯⋯." 추야가 망연히 중얼거렸다.

"일이야. 내가 마피아에 들어간다고 했더니 모리 씨가 펄쩍 뛰며 기뻐해서 말이야. 곧장 좋은 걸 주겠다고 하더니, 부대 지휘권이랑 덤으로 첫 일을 밀어붙이더라고."

다자이를 뒤따르듯이 무수한 그림자가 나타난다.

검은 옷을 입고 검은 소총을 든 무표정한 마피아 무리. 자비라곤 눈곱만큼도 없는, 기계 같은 마피아 조직원들이다.

"마피아에게 적대하는 《양》과 《GSS》가 동맹을 맺었다고 해서 말이야. 완전히 연계를 취하기 전에 쳐야 한다고 그래서. 그런 일이야. 뭐, 크게 어렵지는 않아. 점심 식사 전까지는 정리될 거야."

추야는 상처를 누르고 거칠게 숨을 헐떡이면서 말했다.

"뭐가…… 목적이냐." 다자이를 보는 눈이 날카로워진다.

"우연히 나와, 마주친 거라고, 말하진 마, 라……. 나를 살려주고, 은혜를 입힐, 셈이냐……?"

"은혜? 살려줘? 그럴 리가 없잖아. 자네 따위 엄청나게 싫거든. 우리는 단지 적을 몰살하기 위해 왔을 뿐."

"몰살……?" 추야의 얼굴이 얼어붙었다.

"《양》의 녀석들도, 말이냐?"

다자이는 뭔가 말하고 싶은 듯한 미소로 추야를 몇 초간 말없이 바라보았다.

그리고 입을 열고 뭔가를 함축하고 있는 말투로 말했다.

"그래. 몰살이 작전 방침이야. 위험한 적 조직이니까. 하지만 뭐, 만약 동료 중 누군가가…… 적의 내부 정보를 자세히 아는 누군가가 죽이지 않고 상대를 약하게 만들 방법을 가르쳐 준다면, 작전 방침을 수정할 수도 있겠지."

"동료의, 조언, 이라고?" 추야가 날카로운 얼굴로 말했다.

"그래. 포트 마피아의 동료. 적의 조언은 신용할 수 없지만 동료의 조언이라면 신용할 수 있지. 조직이라는 게 그런 거잖아?"

추야는 침묵했다.

다자이가 무슨 말을 하려 하는지 이해했기 때문이다.

"그런, 건가." 추야는 쉰 목소리로 말했다.

"거래, 라는 말이군?"

"글쎄, 어떨까나." 다자이는 시치미 떼듯이 미소 지었다.

"다만 뭐, 나에게 전자오락 승부에서 진 누구 씨는 마피아에 들어오면 하인이자 개로 실컷 부려 먹힐 운명이겠지."

추야는 괴로운 듯이 숨을 헐떡이면서 다자이를 노려보았다. 땀이 흘러도 다리가 떨려도 시선을 떼지 않았다. 모든 대답이 그 얼굴에 쓰여 있기라도 한 듯이 빤히 쳐다보았다.

멀리서 병사들의 발소리와 총성이 들려왔다. 시간이 닥쳐오고 있었다.

"《양》의 조직원은…… 아이들은, 죽이지 마라."

폐에서 쥐어짜듯이 추야는 말했다.

"그 녀석들에게는…… 신세를 졌다."

"좋고말고." 다자이는 그렇게 말하고 웃었다.

"다들, 들었겠지? 일할 시간이다. 예전에 협의한 대로, 미성년에게는 상처 하나 입혀서는 안 돼. 가자—— 마피아가 밤의 공포의 대명사였던 때를 적에게 생각나게 해 주자고."

다자이가 당당히 숲을 걸어간다. 그에 따르는 죽음의 종자처럼 마피아의 검은 옷들이 말없이 그를 따라 숲 안쪽으로 사라졌다.

그 뒷모습을 바라보면서, 추야는 불현듯 깨달았다.

"그런가."

추야는 말했다.

"이 상황까지 전부…… 설계했던 건가. 게임 센터에서 전화를 걸었던, 그때부터…… 나에 대한 불신을, 《양》에 심기 위해서……."

게임 센터에서, 다자이는 모리에게 《양》의 인질을 풀어주라고 전화를 걸었다. 그로 인해 《양》은 추야가 돌아올 것을 기대했지만, 범인을 만나겠다는 목적을 가진 추야는 사건을 우선했다. 그 진짜 목적은 동료에게 설명하지 않았다. 그 결과 《양》은 깨달았다. 자신들의 안전은 추야의 기분에 달렸다는 것을.

모두 다자이가 노린 대로였던 것이다.

다자이는 추야가 《양》에 쫓기게 되는 지금 상황까지 읽고 있었다. 그리고 모리에게 스스로 작전을 제안하여 지원 병력을 움직였다. 그리고 추야가 절대로 거절할 수 없는 바로 지금의 상황까지 기다린 다음, 거래를 꺼내든 것이다.

"악마, 냐…… 그 자식은."

추야는 상처를 누르며 일어섰다. 그리고 다자이가 사라진 쪽을 보았다. 칠흑의 소년이 만들어갈 미래를 예견하는, 눈에 보이지 않는 징후를 찾듯이.

그리고 말했다.

"……훌륭한데……."

Epilogue

마피아 빌딩의 지하 통로를 다자이가 걸어가고 있었다.

길고, 희고, 살풍경한 복도다. 장식은 형광등과 점점이 놓인 소화기뿐. 적의 습격 시에 사용하기 위한 긴급 피난통로였다.

다자이는 왼쪽 다리를 다쳐 지팡이를 짚고 있었다. 그리고 다자이 옆에는 백의 차림의 모리 그리고 인형을 안고 있는 작은 아이가 나란히 걷고 있었다.

"——그런 이유로, 이것이 자네의 다음 일이다."

모리가 말했다.

"흐음. 이 아이가 이능력자라고……. 있잖아, 너, 지금 여기서 잠깐 이능력을 써 봐."

다자이가 옆에서 걸어가는 아이에게 말을 건다. 아이는 외모로 보면 대여섯 살 정도. 다자이의 말에 아무런 반응도 보이지 않고, 그저 인형을 안고 빤히 앞을 쳐다보고 있다.

"말했잖느냐, 이 아이는 아직 자기 의지로 이능력을 사역할 수 없다. 그 때문에 구체적으로 어떤 이능력인지도 잘 모르지." 모리가 아이의 머리에 손을 올리고 말했다. "아는 병원에서, 같은 방 아이에게 상처를 입히는 어린아이 이야기를 듣고 맡아 왔단다. 소문에 이 아이는 손가락 하나 움직이지 않고 상대에게 중상을 입힐 수 있다고 하지. 만약의 경우가 생기면 위험하니, 이능력이 통하지 않는 다자이 군이 이능력의 정체를 판별해 주었으면 한다는 이야기야."

다자이는 거리낌 없이 작은 아이를 빤히 보았다.

"큐사쿠!" 아이가 갑자기 즐거운 듯이 말했다.

"우후후후후! 난 큐사쿠야! 있잖아, 놀자? 놀자?"

"그래그래. 이다음에 크면." 다자이는 아무래도 좋다는 듯이 대답했다.

같은 복도를, 두 개의 발소리를 울리며 두 개의 그림자가 걷고 있었다.

"이상이 회합의 개요다."

그림자 중 하나—— 키 큰 기모노 차림의 여성이 말했다. 불타는 듯한 홍련의 머리카락을 비녀를 꽂아 하나로 틀어 올렸다.

"뭔가 질문이 있느냐, 신입 아가?"

"아가라고 부르지 말아 주실래요?" 또 하나의 그림자—— 추야가 말했다.

"그럼 하나 묻죠. 왜 날 회합에 데려가는 겁니까, 누님?"

"너야말로 누님이라고 부르지 말거라. 나는 아직 그럴 나이가 아니다." 기모노 차림의 여성이 추야를 노려보았다.

"데려가는 이유는 물론 후학을 위해서지. 이번 회합의 상대는 어느 협력기업. 모리 님이 새로 얻은 무역회사의 사장이다. 내온 차 한 잔, 대화 중의 정적 하나가 교섭의 추세를 좌우한다. 예전처럼 상대의 머리통을 깨 버리면 해결되던 시대가 아니란 걸 어서 깨달아야지."

"허……."

추야는 납득이 가지 않는다는 얼굴로 머리를 긁었다.

"하지만, 나 같은 놈이 동석해서 뭔가 실례를 저지르면…… 상대편을 화나게 만들었다간 어떡합니까?"

"그때는 그때다." 기모노 차림의 여성은 소매로 입가를 감추고 곱게 웃었다.

"그 정도로 기울어질 집안이라면, 아예 화려하게 쓰러지는 쪽이 풍류라는 게야."

"……그런 건가요."

추야는 곤혹스러운 얼굴로 말했다.

그리고—— 복도 너머에서 목소리가 다가온다.

"저기, 모리 씨, 이 애는 남자애야? 여자애야?"

"그러고 보니…… 물어보지 않았군. 나중에 서류를 확인해 두마."

그리고—— 복도 너머에서 목소리가 다가온다.
"그런데 아가. 그대가 안고 있는 그 검은 모자. 어제는 가지고 있지 않았는데, 어찌 된 게냐?"
"아아, 이거요. 이건……."

두 소년의 목소리가 교차했다.
그것은 어느 날, 어느 시각, 어느 복도.
역사에도 남지 않을, 특별히 기억에도 남지 않을 평범한 사건.
"……아!!"
"아아아아아! 너 이 자시이익!"
소년이 외치는 소리가 복도를 가득 채웠다.
어른들이 놀란 얼굴로 두 사람을 보았다.
"추야! 뭘 위해서 자네를 조직에 넣었다고 생각하는 거야!" 다자이가 노성과 함께 추야에게 덤벼들었다.
"자넨 내 개잖아! 발이 가렵다고 하면 발을 긁고, 소바가 먹고 싶다고 하면 소바 가게 주인을 위협해서 끌고 오고, 연극을 보고 싶다고 하면 혼자서 상연해 보이는 게 자네가 할 일이다! 그런데 뭐야, 심지어 고요 씨의 직계 부대? 출세 코스냐, 아주 순풍에 돛 달았군! 젊으니까 밑바닥 생활이나 해라, 이 소형 생물아!"

"네놈이 할 말이냐, 이 뒷공작꾼 놈아! 나는 내 의지로 마피아에 가입한 거다, 네놈의 부하도 안 될 거고 개도 안 될 거야! 네놈의 꿍꿍이 따위 알 게 뭐냐!"

추야가 지지 않고 덤벼들었다.

"게다가 나중에 조사했더니 그 게임기, 내 조작판 쪽에 누가 음료수를 엎지른 탓에 버튼 조작이 잘 안 되는 상태였다던데! 그 시합은 무효다!"

"아―하―앙? 억지를 쓰는 건가, 추야? 내가 부정을 저질렀다는 증거가 어디 있지? 아니면 뭐야, 자네는 내가 '이번 주의 억지 부리는 추야'라는 회보를 조직 전체에 배포하고 있는 걸 알고 곧장 최신호에 기사 협력을 해 주려는 건가?"

"누가 네놈 따위에게 협력…… 잠깐, 잠깐잠깐! 가입 인사를 했을 때 모두가 미묘한 웃음을 지었던 건 그 회보 때문이냐!"

꽥꽥 아우성치며 떠들어 대는 두 소년.

그 둘을 어쩔 수 없다는 듯이 지켜보는 어른들.

"새 보스님, 정말 이 두 사람을 같은 조직에 넣어도 괜찮았던 겐가?" 기모노를 입은 여성이 모리에게 물었다.

"괜찮네, 고요 씨." 모리는 웃는 얼굴로 말했다.

"같은 조직이라서 괜찮은 거라네."

모리는 추야가 쥐고 있는 모자를 바라보고 있었다.

검은 챙이 달린 서양식 모자다. 그것은 추야가 정식으로 마피아에 가입한 날 모리가 추야에게 준 것이었다.

"이 모자는 뭐야?"

며칠 전── 마피아 빌딩 최상층 집무실에서 추야는 모자를 쳐다보고 있었다.

"마피아에 가입했다는 증표다."

추야의 맞은편에 선 모리가 미소를 지으며 말했다.

"마피아에서는 보통 신입을 데려온 자가 책임을 지고 그자를 돌보지. 그 증표로 몸에 걸치는 물건을 하나 사 주는 관습이 있어. 다자이 군에게는 검은 외투를 주었네. 자네는 이거야."

"낡은 모자군." 추야는 검은 모자를 뒤집어 자세히 보았다.

"취향은 나쁘지 않은데…… 다자이가 입었던 외투는 신품이었어. 왜 내 것만 헌 옷 가게에서 사 온 놈이야? 예산 부족인가?"

"헌 옷 가게에서 산 게 아니야." 모리는 쓴웃음을 지으며 말했다.

"그건 란도 군의 유품이네."

추야가 퍼뜩 놀라 모리를 보았다. 그러고 나서 모자를 조심스럽게 들고 다시 한번 살펴보았다.

"란도 군의 유품은 거의 태워서 버렸지만, 그 전에 한 번 전부 훑어보았지."

모리는 자신의 집무 책상에 앉으며 말했다.

"그는 죽기 2개월 정도 전에, 과거에 첩보원으로서 했던 최후의 임무에 관해 조사를 한 모양이야. 아마도 조금씩이지만 기억이 돌아오기 시작했던 거겠지. 그때의 조사 기록이 남아 있었어. 잠입한 비밀 시설이 무엇인지, 파트너의 행방에 대한 정보 그리고── 군이 보유하고 있었던 《아라하바키》라는 생명체에 대한 조사 기록이다."

추야가 상대의 진의를 살피듯이 모리의 얼굴을 빤히 보았다. 그러나 모리는 안을 꿰뚫어볼 수 없는 안개 같은 미소를 띤 채 말을 계속 이었다.

"란도 군도 그렇게 진상에 가까운 정보를 얻은 건 아니었어. 하지만 몇 가지 새로운 정보를 알아냈었지. 아무래도 그가 잠입한 시설은 이능력과 기존 생물을 조합하는, 군의 연구를 진행하는 시설이었던 듯해. 말하자면, 인공 이능력 연구다."

"군의…… 인공 이능력?"

"또 한 가지. 《아라하바키》라는 이름은 8년 전의 폭발을 목격한 사람들이 붙인 이름이야. 당연하게도 《아라하바키》는 연구 시설에서는 다른 이름으로 불렸다── '시제품: 갑(甲)258번'이라는 이름으로."

추야가 눈을 부릅떴다.

모리는 잠시 동안 추야의 반응을 확인한 후, 집무 책상 서랍을 열고 안에서 서류 봉투를 꺼냈다.

"이것이 란도 군이 모은 일련의 자료다." 모리는 봉투를 추야 쪽에 들어 올려 보였다.

"그 밖에도 여러 가지로 흥미로운 내용이 적혀 있지."

"거기에…… 진상이." 추야는 무의식적으로 손을 뻗었다.

"《아라하바키》의, 내 정체가……."

그러나 추야가 봉투에 닿기 직전, 모리는 봉투를 슥 당겨 추야에게서 떨어뜨렸다.

추야가 의문에 찬 표정으로 모리를 보았다.

"미안하네만, 이건 조직의 배신자가 몰래 가지고 있던 자산이야."

모리는 평소와 다름없는 웃는 얼굴을 추야에게 향하며 말했다.

"원래는 태워 버려야 할 물건이다. 그런고로 그리 쉽게 열 수는 없어. 이것을 열람할 수 있는 자는 조직에서도 간부급 이상의 인간에 한정된다."

추야는 꼼짝도 하지 않고 조용히 모리를 쳐다보았다.

짧고, 응축된 몇 초간이 두 사람 사이에 소리도 없이 흘렀다.

"성과를 올려 간부가 되지 않으면 그 자료는 볼 수 없다……는 건가." 추야는 말했다.

"내가 배신할 걸 걱정해서 예방책을 취했다는 건가?"

"그런 걱정은 하지 않아." 모리는 교사처럼 미소 지었다.

"걱정해야 할 건 자네 쪽이네."

"뭐?"

"다자이 군을 걱정해야지. 나는 자네들 두 사람이 모두 빼어나게 우수하고, 더불어 그 실력도 거의 동등하다고 본다네. 그러나 보스 직속 부하로 임무에 임하는 다자이 군 쪽이 아주 조금 빨리 간부가 되겠지. 만약 그가 먼저 이 자료를 열람할 권한을 얻으면 어떻게 할 것 같지? 자네에게 빚을 지우기 위해 자료를 암기하고 나서 태워 버릴 거라 생각하지 않나?"

추야의 낯빛이 새하얗게 질렸다.

만약 그렇게 되면──── 다자이에게 자료의 정보를 끌어내기 위해 얼마나 지옥 같은 고생을 맛보아야 할지 한순간에 예상한 것이다.

"다이아몬드는 다이아몬드로만 연마할 수 있다."

모리는 만족스럽게 미소 지으며 말했다.

"자네들 두 사람이 절차탁마하여 공헌해 주면 조직은 평안할 거야. 폭력과 공포, 살육에 기대지 않고도 선대 보스를 뛰어넘을 수 있다. 나는 그걸 증명하고 싶다네."

추야는 뭐라 형언할 수 없는 마음으로 그 말을 들었다.

"나는."

쥐어짜내는 듯한 소년의 목소리로 추야가 말했다. 아직 아픈 등의 상처에 살며시 손을 대면서.

"나는 《양》의 리더였다. 하지만 내가 동료들에게 준 것은 의존과 그 뒤편의 불안뿐이었어. 지금 당신의 조직에 들어와서 당신의 명령에 따르는 것에 그다지 불만은 없다. 하지만 하나만 가르쳐 줘. 조직의 우두머리란 뭐지?"

소년의 진지한 눈빛에, 모리는 웃음을 슥 거두었다.

눈을 감았다가, 떴다. 그리고 아무에게도 보인 적이 없을 듯한 순수한 눈으로 말했다.

"우두머리란, 조직의 정점에 있는 동시에 조직 전체의 노예다. 조직의 존속과 이익을 위해서라면 온갖 오물에 기뻐하며 몸을 담근다. 부하를 키우고, 최적의 위치에 배치하고, 필요하다면 쓰고 버린다. 그것이 조직을 위한 일이라면 나는 어떤 무도한 짓도 기쁘게 할 거야. 그것이 우두머리다. 모든 것은."

모리는 시선을 옆으로 돌리고, 창밖에 펼쳐지는 잡다한 거리를 바라보았다.

"모든 것은 조직과, 이 사랑스러운 도시를 지키기 위해서다."

추야는 투명한 눈동자로 그 말을 듣고 있었다. 지금 막 태어나기라도 한 것처럼 무구한 표정을 지으며.

"그게…… 나에게 부족했던 것."

추야는 몸을 돌려 한쪽 무릎을 꿇고 고개를 숙였다.

그리고 늠름하고 날카로운 장병의 목소리로 말했다.

"그렇다면 이 몸에 흐르는 피, 모든 것을 당신을 위해 바치겠습니다, 보스. 당신이 노예가 되어 떠받치는 이 조직을 지키고, 당신의 노예가 되어 적을 쳐부수겠습니다. 그리고 적에게 분명히 알게 해 주지요. 포트 마피아를 얕보는 자가, 얼마나 가혹한 중력으로 짓뭉개지는지를."

무릎을 꿇고 고개를 숙여 최고의 예를 표하는 소년의 모습을, 모리는 말없이 보고 있었다.

그 표정에는 지금까지의 어떤 웃음과도 다른 웃음이——수수께끼 같지도 않고 속을 알 수 없는 것도 아닌, 인간이 기쁠 때 짓는 극히 평범한 미소가——떠올라 있었다.

그리고 단 한마디, "기대하겠네."라고 말했다.

〜〜〜〜〜〜〜〜〜

——이상이, 마피아 간부 나카하라 추야 및 전직 마피아 간부 다자이 오사무가 조직에 가입할 때 일어난 사건의 전모이다.

그 후 포트 마피아는 모리라는 새 보스 아래 크게 힘을 뻗어나갔다. 경제기반을 확립하고, 정부와 교묘한 공생관계를 구축하고, 사법기관이 손대기 어려운 체재를 만들어냈다.

무엇보다 컸던 것이 이 1년 후에 일어난 그 대재앙── 요코하마의 모든 비합법 조직을 말려들게 한 초 거대 항쟁, 통칭 '용두 항쟁'이다. 요코하마 암흑사회 사상 최악이라고도 불리는 이 항쟁을 포트 마피아는 최소한의 피해로 극복했다. 그로 인해 피폐해진 암흑사회 속에서 마피아는 상대적으로 판도를 넓혀 현재의 반석 같은 지배 체제의 기초를 구축했다.

또한── 이를 전후하여 눈부신 활약으로 조직에 공헌한 추야는 예고되었던 간부 취임보다 훨씬 빠르게 란도가 남긴 자료를 열람할 기회를 얻었다.

그의 정체의 진상, 그리고 소멸한 연구 시설의 음모── 그것들을 파헤치는 과정에 얽힌 다자이, 추야 두 명의 활동에 관해서는 별도 보고서를 제출한다.

이상이 '아라하바키 사건'의 전모에 얽힌 보고서이다.

이 보고서는 내무성 제9번 기밀자료실의 관할로 하며, 허가 없는 자의 열람 및 반출을 엄금한다.

이상.

자료번호:

이-41-90-병

〈아라하바키 사건에서 포트 마피아 이능력자의 활동 전말〉

보고자:

내무성 이능력 특무과 참사관 보좌 사카구치 안고

〈추가자료〉

자료번호:

이-41-93-갑

보고자:

■■■ ■■

기밀문서 지정—— [극비]

아무리 깊은 밤이라도 포트 마피아가 잠드는 일은 없다.

마도(魔都) 요코하마의 깊은 어둠 중심부에 가라앉은 포트 마피아 본부 빌딩, 그 최상층.

무수히 많은 마피아의 무투파 조직원 중에서도 실력과 충성심이 뛰어난 자만이 주둔하며 호위하는 층. 보스 집무실이 있는 최상층은 마피아의 영토 중에서도 '특별' 했다. 그것이 마피아에게 바람직하지 않은 것이라면, 인간은커녕 희미한 빛이라 해도 침입을 허락받지 못한다.

그 방 앞에 경호 마피아가 두 명 서 있었다.

집무실에 보스는 없고, 그들이 지키는 것은 사람 없는 방뿐. 그러나 두 사람의 표정에 방심은 일절 없었다. 어떤 장소든, 어떤 상대든 감정에 흔들림 하나 일으키지 않고 임무를 수행한다. 이 임무는 그런 강철 같은 정신을 가진 자에게밖에 맡길 수 없다.

대화는커녕 헛기침 하나 없는 고요한 밤의 경비.

그 경호원이 작은 소리를 들었다.

달칵, 하는 소리다. 모기 소리보다 희미한, 자신의 호흡 소리에 섞여 자칫 놓쳐 버릴 만큼 희미한 소리. 어디서 들려왔는지는 알 수 없다. 하지만 몇 시간이나 무음으로 계속 서 있는 그들이 평소와 다른 소리를 놓칠 리가 없었다.

그는 반사적으로 자신이 든 기관단총을 겨누고 귀를 기울였다.

"왜 그래."

"무슨 소리 안 들리나?"

옆에서 경비를 서는 동료에게 짧게 말하고, 경호원은 의식을 주위에 집중했다.

직후 다시 들렸다. 달칵, 하는 소리. 그리고 종이를 넘기는 듯한 소리. 이번에는 놓칠 수가 없었다.

동료도 기관단총을 겨누었다.

이 시각, 최상층은 경호 마피아를 제외하고는 사람이 없다. 아주 작은 바람조차도 들어오지 않도록 설계된 이 최상층에서 무언가가 자연스럽게 소리를 내는 일은 있을 수 없다.

그들 앞에는 복도. 뒤에는 집무실. 복도에는 아무것도 없다. 그렇다면.

"집무실……인가?"

경호원의 온몸이 소리를 내며 긴장했다.

동료에게 손과 눈짓만으로 신호를 보내 문을 열도록 시킨다. 동료는 손목에 사슬로 연결해 놓은 집무실 열쇠를 꺼내 세 군데의 열쇠구멍에 꽂고 각각 열었다.

그리고 문을 차서 열었다.

방안에는——키 큰 그림자가 서 있었다.

달빛을 등지고 선 팔다리가 긴 청년. 서류를 들고 있다. 청년은 천천히 시선을 손에 든 서류에서 들고, 한 마디,

"늦었군."

이라고 말했다.

"움직이지 마라! 어떤 놈이냐, 어떻게 들어왔지!"

경호원이 총을 겨눈 채 소리친다.

"어떻게? 묘한 질문이군. 평범하게 들어왔다. 그 문으로,

제군의 옆을 지나서."

경호원의 표정에 분노의 빛이 떠올랐다.

그럴 리가 없다.

그들은 집중해서 문을 경비하고 있었다. 1초도 긴장을 풀지 않았다. 사람이 아니라 날벌레 한 마리가 옆을 지나갔어도 알아차렸을 것이다.

청년은 여유롭게 미소 짓고 있다.

달빛에 창백하게 도려내진 그 모습은 키가 크고 활처럼 유연하다. 동작 하나하나가 어딘가 마법 같았다. 밤바다 같은 색의 고급 정장에는 주름 하나 지지 않았다. 은막의 배우나, 아니면 고대 북유럽의 자유로운 신 중 한 명처럼도 보인다.

"자료를 읽으러 왔어. 이거야."

청년은 서류를 들어 올리고 말했다. 그 서류다발은 옛날에 모리가 추야에게 보여준 서류—— 란도가 모았다는 《아라하바키》에 관한 조사 자료였다.

"상당히 흥미로웠어. 특히 정보원이 추가로 쓴 이 구절—— '과거 란도의 파트너였던 첩보원, 폴 베를렌은 파트너를 배신하고 전투 끝에 사망했다'는 부분. 역시 그 녀석, 이것저것 잊어버렸군. 나는 이렇게—— 살아 있는데."

"서류를 놔라. 저항하면 쏜다."

경호원은 기관단총을 방심하지 않고 겨눈 채 말했다.

그리고 옷 안쪽에 장치된, 침입자가 있다는 것을 경비실에

알리기 위한 경보장치를 손가락으로 눌렀다.

평소라면 빌딩 전체에 경보장치가 울려 퍼지고 모든 통로가 격벽으로 차단될 터였다.

그러나 아무 일도 일어나지 않았다.

"아아, 기대하게 해서 미안하지만 아무 일도 안 일어난다. 경비실 인간들은 바로 조금 전에 모두 나란히 휴가를 받았거든. 긴 휴가를."

청년의 발밑에 각 층의 문을 개폐하는 전자열쇠의 케이스가 떨어져 있었다. 그 케이스에 누군가의 피가 묻어 있는 것을 보고 경호원은 순간적으로 깨달았다.

──경비하는 인원들은 이미 살해당했다.

"사실은 원만하게 가고 싶었는데. 아무튼 나는 싸우러 온 것이 아냐. 단지 친구가 살아간 기록인 이 자료와, 탈의실에 놓여 있던 이 모자를 가지러 왔을 뿐이니까."

어느새 청년의 손에는 검은 모자가 들려 있었다.

그것은 추야가 모리에게 하사받은 그 검은 모자였다.

"마지막 경고다. 투항해라. 그렇지 않으면 5초 후에 쏜다."

경호원은 그렇게 말하면서 이미 이 국면에서는 누군가가 죽지 않으면 끝나지 않는다고 각오하고 있었다.

원래라면 침입자를 죽이는 것은 최후의 수단이다. 가능하면 산 채로 붙잡아 침입 목적과 주모자를 실토하게 한다. 그것이 마피아의 방식이다. 그러니 이 침입자는 다르다. 마피아의 어둠에서 살아남아 온 정예의 직감이 고하고 있었다. 놈은 어둠보다도 깊은 존재. 아마도 이능력자일 것이다. 그것은 통상적인 전투규칙이 통하지 않는다는 것을 의미했다.

다음 행동을 예상할 수 있는 이능력자는, 죽은 이능력자뿐.

그래서 '5초 후에 쏜다'고 경고했다. 그것은 마피아끼리의 암호였다. 5초 후에 쏜다고 말했을 때는 5초는커녕 1초도 기다리지 않고 즉시 쏜다.

쏴라.

경호원은 옆의 동료에게 그렇게 빌었다.

그러나 아무도 쏘지 않았다.

뭘 하고 있나 하는 의문에 경호원은 옆의 동료를 보았다.

동료 마피아는 총을 겨눈 채 미동도 하지 않고 서 있었다.

동료의 목 위가 없었다.

"아니……."

경악에 입을 벌렸다. 머릿속에서 빨간 경보음이 울려 퍼지고, 반사적으로 기관단총의 방아쇠를 당겼다.

당길 수 없었다.

방아쇠에 걸린 손가락이 절단되어 바닥에 떨어져 있었다.

이어서 총신이 절단되었다.

손목이, 어깨가, 바닥에 떨어졌다. 몸통과 허리와 턱과 코와 정수리가 절단되어 뿔뿔이 떨어졌다. 허벅지부터 아래의 두 다리만이 아무 일도 없었다는 듯이 바닥 위에 서 있었다.

비명조차 없는, 너무나도 고요한, 인간 두 명의 죽음이었다.

"이거야 원, 다행이야. 이런 고요한 달밤에 총성은 멋이 없으니."

침입자인 청년은 안심한 듯이 미소를 지었다.

그러고 나서 서류다발을 집무 책상에 돌려놓고 방 안쪽, 창문 쪽으로 걸어갔다.

창밖에는 해쓱한 달.

"이 도시의 어딘가에 있겠지, 《아라하바키》── 나카하라 추야." 청년은 창밖을 바라보며 말했다.

"감사한다. 나의 파트너를── 옛 파트너를 내 대신 죽여 줘서. 너는 강해진 것 같군. 곧 맞이하러 가마."

그렇게 말하고 청년은 창문에 손을 댔다.

이 창은 적층 강화유리로 되어 있다. 보스를 지키기 위해 저격하는 총알은 물론이고 대전차포마저 막는 내열 내충격 유리다.

"숨 쉬는 재앙, 심장이 뛰는 신, 《아라하바키》. 너는 고독하다. 너는 누구에게도 이해받지 못한다. 너는 인간도 신도 되지 못하고 그 중간에서 몸부림치다, 마침내 자신의 두 팔만을 끌어안고 죽는다. ──내게 오지 않는 한은."

청년은 가볍게 몸을 꺾고 한쪽 발을 수평으로 내밀었다.

그것은 기술적으로 말하면 '발차기'였다. 그러나 그것은 발차기 기술이라 부르기에는 너무도 가볍고, 깃털을 흔든 것처럼 소리가 없었다. 발끝으로 공중에 가로선을 한 줄 새겼을 뿐으로 보였다.

그 발차기 한 번에 강화유리가 산산이 부서졌다.

두께 몇 센티미터는 될 강화유리가 무수한 빛의 비가 되어 지상으로 쏟아진다.

"오래 기다렸다. 하지만 마침내 왔다."

청년의 눈동자에 창백한 달의 환한 빛이 깃들어 흔들린다.

"맞으러 가겠다, 나카하라 추야—— 나의 동생이여."

그렇게 말하고 청년은 검은 모자를 머리에 쓰고 살며시 창밖으로 뛰어내렸다.

지상의 어둠에 그 몸이 빨려들고, 이윽고 보이지 않게 되었다.

남겨진 것은 밤바람 소리뿐.

밤의 장막, 날아와서는 쌓이는 그림자 무리. 요코하마의 밤은 길고 깊어 누구도 그 밑바닥을 꿰뚫어 볼 수 없다.

다음 권 『STORM BRINGER』에 계속

후기

  이야기의 여운에 잠겨 있는 바로 그때, '여어, 상태는 어때?' 하고 머릿속에 끼어드는 이 브레이킹 후기도 익숙해진, 소설판 문호 스트레이독스 제6탄입니다.

  이번 소설 「다자이, 추야 15세」는 실은 작년에 개봉한 영화 『문호 스트레이독스 DEAD APPLE(데드 애플)』을 관람해 주신 분께 특전으로 배부한 소설이 토대가 되었습니다. 개봉 1주차에 배포된 것이 전작 「BEAST」의 기초이고, 그리고 2주차 특전이 이 책의 기초입니다.

  그리고 이 책은 거기서 다시 가필 수정된 '완전판' 입니다. 새로운 장면이 있고, 묘사 추가가 있습니다. 특히 마지막 장면은 영화 관람객 특전판에는 없습니다.

  이 소설을 쓰기 시작했을 때, 영화 제작 위원회 쪽에서 두 가지 조건을 받았습니다. 하나는 '다자이와 추야 이야기' 라는 의뢰. 그리고 또 하나는 '과거 이야기' 라는 의뢰입니다.

  마침내 이때가 왔는가, 하고 저는 생각했습니다.

  애초에 추야라는 캐릭터가 처음 등장한 것은 만화책 3권에서입니다. 거기서 '추야와 다자이는 옛 파트너다' 라는 정보가 나왔습니다. 하지만 그때는 그 이상의 정보는 없었고, 파트너로서 어떤 사건을 해결했는지, 파트너였던 기간은 어느 정도인지, 관계는 어땠는지 같은 것은 완전한 어둠 속이었습니다.

그걸로 됐다고 당시의 저는 생각하고 있었습니다. 상상은 지각(知覺)을 이깁니다. 치과에 갈 때 가장 무서운 것이 대기실에 있을 때인 것처럼, 파트너 시절에 관해 상상할 때 머릿속에서 자동으로 떠오르는 그 생각이, 가장 파워풀한 두 사람의 활약일 거라고 생각하고 있었습니다. 그래서 이야기하지 않고 비밀로 했습니다.

그 생각은 정답이었습니다. 적어도 몇 년 동안은.

수많은 분들이 두 사람의 과거에 대해 상상해 주셨습니다. 수많은 사람들의 머릿속에서 파트너인 두 사람은 파워풀하게 날뛰었습니다. 너무 날뛰어서 머리의 벽을 깨부수고 튀어나오거나, 각자의 머릿속에서 독자적인 왕국을 만들기도 했습니다.

이윽고 제 쪽에 이런 목소리가 하나둘 닿기 시작했습니다.

'실컷 상상했으니까, 슬슬 답과 맞춰 보고 싶다'.

뭐 그렇겠지요. 그야 그렇게 되겠지요.

그래서 저는 이야기하기로 했습니다. 최대한 조금씩, 신중하게. 여러분이 너무 놀라지 않도록.

그것이 이 책입니다.

여기 있는 것은 만화 본편에서부터 7년 전의 다자이와 추야입니다. 이미 완성되어 있는 단단한 부분이 있고, 아직 완성되지 않은 부드러운 부분이 있습니다. 7년의 시간을 거쳐 각자가 어른으로 변화해 가는 기척이 느껴지죠(그 변화 자체는 아직 상상력의 부드러운 어둠 속에 있습니다).

답 맞춰 보기는 어땠는지요? 상상했던 두 사람과 같았나요? 아니면 달랐나요? 조금 같고, 조금 달랐으면 좋겠다고 작가로서는 생각합니다.

그리고 답 맞춰 보기는 아직 끝나지 않았습니다.

중요한 수수께끼가 몇 개나 남아 있습니다. 여기서부터 7년 사이에 일어날 거라 예상되는 사건 중 몇 개인가를 이야기하지 않았습니다. 거기에는 이 책에서 이야기한 것보다 중요한 비밀이 들어 있습니다.

왜 이런 식으로 중대한 비밀을 숨기는가? 이야기의 흐름으로 볼 때, 미스터리어스한 이유나 심술궂은 이유일 거라고 생각하시겠지요. 진실은 단순히 특전 소설 집필 기간이 부족했을 뿐입니다(죄송합니다).

그런 이유로 이야기는 다음 권 「STORM BRINGER」로 이어집니다. 아직 이야기해야 할 것이 잔뜩 있어서 분명 다음 권에서도 이야기가 부족하겠지요. 하지만 '이걸로 쌍흑 과거편은 종료!' 라고 말하기에 충분할 정도의 정보는 전부 담으려고 생각합니다.

맞다, 하나 더. 이「다자이, 추야 15세」는 애니메이션 스탭, 특히 이가라시 감독님께도 매우 호평을 받아 19년 4월 TV 애니메이션으로 방영되었습니다. 거기서는 미려한 영상에 멋진 액션, 무엇보다 성우님들의 발군의 연기력 덕에 소년 시절의 두 사람이 선명하게 재현되었습니다. 부디 큰 화면으로 확인해 주세요.

마지막으로 영화 제작위원회 여러분, 빈즈 문고 편집부의 시라하마 님, 표지 및 삽화를 그려 주신 하루카와 산고 선생님, 중개 및 서점의 여러분. 그리고 이 책을 구매해 주신 여러분, 감사합니다.

다음 권에서 만나요.

아사기리 카프카

Special Thanks
〈감수 협력〉
원작 · 각본 협력 아사기리 카프카
만화 하루카와 산고
감독 이가라시 타쿠야
각본 에노키도 요지
캐릭터 디자인 · 총작화감독 아라이 노부히로

이 책은 2018년 개봉한 영화 『문호 스트레이독스 DEAD APPLE(데드 애플)』 개봉 2주차 관람객 특전 소설 「다자이, 추야 15세」를 가필 수정한 것입니다.

다자이
(15)

안쪽

16세와 차별화해서
안에 재킷은
걸치지 않았습니다

나중에 아쿠타가와와의 코트가 됨
약간 커서 현시점에서는
헐렁헐렁한 착용감을
염두에 두었습니다

애니메이션에 맞춰 전체 변경이 들어가기 전의 러프라서
(영화 특전 소설 때는 깁스가 왼손이었습니다)
이쪽은 그대로입니다.

추야
(15)

애니메이션 컬러로
했습니다

마름모꼴 부분은 무늬가 아니라
퀼팅입니다

안쪽

+

버클

양의 마크

앞을 잠그는 쪽이 좋으면 그렇게 하겠지만
컬러로 했을 때 안쪽의 빨간 셔츠가 보이는 쪽이
아마 전체적인 색 조합이 좋을 것 같습니다

뒤

안쪽 폭신폭신

란도

선대 보스

뿔 모양

벨트

시라세&소녀

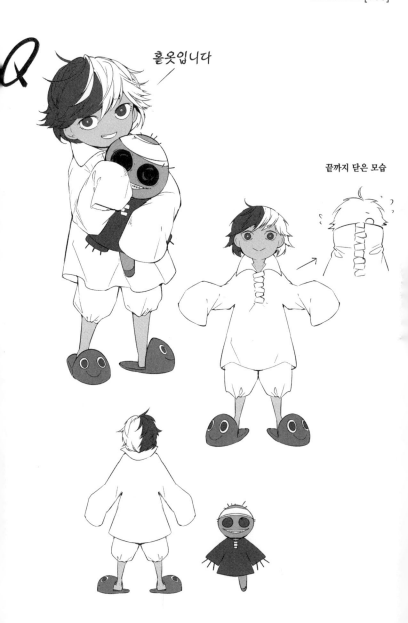

홑옷입니다

끝까지 닫은 모습

문호 스트레이독스 ~다자이, 추야 15세~

2020년 04월 20일 제1판 인쇄
2024년 04월 22일 제4쇄 발행

지음 아사기리 카프카 | **일러스트** 하루카와 산고

옮김 박수진

발행 영상출판미디어(주)
등록번호 제 2002-000003호
주소 07551 서울특별시 강서구 양천로 570 NH서울타워 19층
대표전화 02-2013-5665

ISBN 979-11-6524-442-2
ISBN 979-11-319-4230-7 (세트)

 노블엔진(NOVEL ENGINE)은 영상출판미디어(주)의 라이트노벨 및 관련서적 브랜드입니다.

문호 스트레이독스
관련작 리스트

◆

[코믹스]

문호 스트레이독스 1~17
문호 스트레이독스 데드 애플 1~2
문호 스트레이독스 멍! 1~5
문호 스트레이독스 공식 앤솔로지 1~3

[소설]

문호 스트레이독스 1~6
문호 스트레이독스 데드 애플
문호 스트레이독스 외전 아야츠지 유키토 vs. 교고쿠 나츠히코

[단행본]

문호 스트레이독스 낙서 수첩
문호 스트레이독스 가이드북 개화록/심화록

우리 아파트의 요정님
1

"어라, 손님이구냣! 차 마시렴."

대학생 '나'는 친척의 낡은 아파트 관리를 맡은 조건으로 저렴하게 방을 빌리게 되었는데,
그 아파트에는 코볼트나 픽시 등 '요정님'이 거처로 삼고 있었고,
영문모를 사이에 그들과 동거하게 되었다.
집안일도 해 주고, 나쁘진 않겠다고 생각했는데, 점점 요정님은 늘어나고…….
건방지지만 미워할 수 없는, 사랑스러운 요정님들과 함께하는 평온한 동거 코미디, 제1권.

아마카라 스루메 만화 / 이하니 옮김

pixie
house

에미야 가의 오늘의 밥상

1~3

맛있는 Fate×요리의 세계가 펼쳐진다.
에미야 가의 밥상에는 언제나 맛있는 음식이 한가득!

랜서도 좋아하는 연어 구이, 지친 린에게 식욕을 돌려주는 오챠즈케.
그 외에도 캐스터의 사랑하는 그대를 위한 일식수행이나
토오사카 가의 비장의 볶음밥까지!

훈훈하고 맛있는 세계가 여러분을 기다립니다.

만화 : TAa │ 원작 : TYPE-MOON │ 2020년 2월 제4권 출간 예정

보이는 여고생

1

어느 날 갑자기 보통 사람들에게는 보이니 않는
이상한 존재가 보이기 시작한 여고생 '미코'.
하지만 그것들로부터 도망치지 않고
딱히 맞서지도 않고 무조건 무시하는 길을 선택하는데?!

화장실에도, 이불에도, 학교에도!
언제 어디서 갑자기 튀어나와도 꿋꿋하게(?) 반응하지 않는
신감각 호러 코미디 제1탄!

©Tomoki Izumi 2019
KADOKAWA CORPORATION

만화 : 이즈미 토모키 | 2020년 2월 출간